KB076438

나는 이사부다

1판 1쇄 인쇄 | 2024년 04월 30일
1판 1쇄 발행 | 2024년 05월 08일

지 은 이 | 김문주
펴 낸 이 | 천봉재
펴 낸 곳 | 일송북

주   소 | 서울시 성북구 성북로 4길 27-19(2층)
전   화 | 02-2299-1290~1
팩   스 | 02-2299-1292
이 메 일 | minato3@hanmail.net
홈페이지 | www.ilsongbook.com
등   록 | 1998. 8. 13(제 303-3030000251002006000049호.)

ⓒ김문주 2024
ISBN 978-89-5732-326-7(03800)
값 14,800원

고대 신라의 중흥을 이룬 대장군

나는 이사부다

김문주 지음

살림북

위대한 장수는 싸우지 않고 이기는 전투를 한다

전장에서 적을 베는 것보다 싸우지 않고 이기는 장수가 지혜로운 장수다. 적국의 백성도 나라를 달리하면 모두 제 나라의 백성이다. 권력을 탐하는 자는 신의를 저버리나 백성은 그저 순리에 따를 뿐이니, 현명한 장수는 백성을 살리는 전투를 한다.

-이사부가 독자에게-

한국을 만든 인물 500인을 선정하면서

일송북은 한국을 만든 인물 5백 명에 관한 책들(5백 권)의 출간을 기획하여 차례대로 펴내고 있습니다. 이는 긍정적이든 부정적이든 우리 역사에 뚜렷한 족적을 남긴 인물들의 시대와 사회를 살아가는 삶을 들여다보고 반성하며, 지금 우리 시대와 각자의 삶을 더욱 바람직하게 이끌기 위해서입니다. 아울러 한국인의 정체성은 무엇인가를 폭넓고 심도 있게 탐구하는, 출판 사상 최고·최대의 한국 인물 총서가 될 것입니다.

시리즈의 제목은 「나는 누구다」로 통일했습니다. '누

구'에는 한 인물의 이름이 들어갑니다. 한 인물의 삶과 시대의 정수를 독자 여러분께 인상적·효율적으로 전할 것입니다. 무엇보다 지금 왜 이 인물을 읽어야 하는가에 충분히 답해 나갈 것입니다.

이번 한국 인물 500인 선정을 위해 일송북에서는 역사, 사회, 문화, 정치, 경제, 국방, 언론, 출판 등 각 분야의 전문가들로 선정위원회를 구성했습니다. 선정위원회에서는 단군시대 너머의 신화와 전설쯤으로 전해오는 아득한 상고대부터 아직도 우리 기억에 생생한 20세기 최근세까지의 인물들과 그 시대들에 정통한 필자를 선정하고 있습니다.

우리는 지금 최첨단 문명시대를 살고 있습니다. 인터넷으로 실시간 글로벌시대를 살고 있으며 인공지능 AI의 급속한 발달로 인간의 정체성마저 흔들리고 있음을 절감하고 있습니다.

이러한 때일수록 인간의, 한국인의 정체성이 더욱 절실히 요구되고 있습니다. 그 정체성은 개인이나 나라의 편협한 개인주의나 국수주의는 물론 아닐 것입니다. 보수와 진보 성향을 아우르는 한국 인물 500은 해당 인물의 육성으로 인간 개인의 생생한 정체성은 물론 세계와 첨단 문명시대에서도 끈질기게 이끌어나갈 반만년 한국인의 정체성, 그 본질과 뚝심을 들려줄 것입니다.

차 례

작가의 말

우리 역사에 많은 명장이 있지만, 이사부에 대해서는 알려진 바가 거의 없다. 신라의 장군이라 하면 삼국통일을 이끈 김유신을 먼저 떠올릴 것이다.

대중에게 이사부라는 이름은 독도를 노래한 가요에서 "신라 장군 이사부 지하에서 웃는다 독도는 우리 땅"이라는 가사로 익숙할지도 모른다. 우산국을 정벌하여 독도가 우리 땅이라는 확실한 증거를 마련하였으니 그 공의 역사적 의의가 크다.

그러나 우산국 정벌은 그 시작일 뿐이다. 이사부는 금관가야부터 대가야에 이르기까지 모든 가야국과 소국들, 그리고 고구려 땅을 정복하여 신라를 처음으로 한반도의 중심 국가로 부상시켰다. 신라는 진흥왕 대에 비로소 고구려와 백제에 맞설 수 있는 나라가 되어, 장차 삼국통일의 기틀을 마련한 것이다.

이사부는 왜 동해 가운데 있는 섬인 우산국을 정벌하려고 했을까?

사료를 찾아보니 신라는 거의 해마다 왜의 침입을 받았는데, 이사부가 우산국을 정벌한 후 231년 동안 왜군의 침입이 단 한 차례도 없었다. 그러므로 우산국을 친 목적은 그곳을 거점으로 하여 신라로 쳐들어오는 왜군을 막기 위함이었다.

당시 신라는 제대로 된 수군도 전선도 없는 상황이었다. 신라의 전선이 어떤 모형이었으며 우산국을 치러 갈 때 전선의 규모는 어떠했을까? 어디서 배를 만들고 어디서 출발했을까? 여러 자료를 찾아서 살펴본 결과 이사부가 전선을 만들어 해상에서 왜군을 물리쳤고, 이로써 우리 해전의 역사에 이순신 이전에 이사부가 있었음을 알게 되었다.

《삼국사기》〉와《삼국유사》에는 지증왕 시절인 505년에 실직군의 군주가 된 이사부가, 512년 나무로 사자로 만들어 우산국을 정벌한 것으로 기록되어 있다. 그 후 한동안 기록에서 보이지 않다가 가야국을 정복하는데 이사부가 등장한다.

고대사에서 한반도 남쪽은 백제와 가야국들, 그리고 신라의 관계가 복잡하게 얽혀 있었다. 그들은 고구려를 막기 위하여 서로 동맹을 맺기도 하고, 서로의 영토를 빼앗기 위해 전투를 벌이기도 하였다. 신라보다 먼저 번성했던 가야국들이 이때부터 쇠퇴하였는데, 그 가야국을 모두 신라에 복속시킨 이가 바로 이사부다.

이사부에 대한 마지막 기록은 562년, 화랑을 이끌고 대가야를 복속시킨 것으로 나온다. 505년에 실직군주가 되어 562년까지 전장에 있었으니, 그는 58년 동안 신라의 정치가이자 장수로 살았다.

그토록 오랫동안 장군으로 있을 수 있었던 그의 저력은 무엇일까? 왕족 출신이었던 그는 나중에 진흥왕의 의붓

아버지가 되었다. 신라 역사 이래 가장 많은 영토를 차지하여 진흥왕을 정복왕으로 만들고도 그는 권력을 가지지 않고 왜 노년까지 전장의 장수로 살았을까?

 우리나라 고대사의 기록이 많이 남아 있지 않아 이사부의 일생에 대한 자료 역시 빈약하였다. 『삼국사기』와 『삼국유사』를 기본으로 하고 그 외의 이사부에 대한 모든 기록을 찾아보았다. 필사본 『화랑세기』와 『일본서기』 등은 신뢰할 수 없는 면이 있지만, 『삼국사기』와 『삼국유사』에 없는 내용이 많으므로 참고하였다.

 치열했던 백제와 신라, 그리고 가야의 역사와 함께 한 이사부의 행적을 통해 우리는 그가 어떤 가치관으로 신라를 반석 위에 올려놓았는지 알 수 있다. 사람을 움직이는 지혜와 불안한 시대를 타개하는 용기는 어느 시대에나 필요하다. 특히 서로 다른 가야를 통합하여 더욱 큰 신라로 나아가게 한 그의 지도력은 오늘의 우리에게도 경외감을 느끼게 한다.

 이제 천오백 년 전의 그의 행적을 따라 신라 중흥의 역사 속으로 들어가 보자. 전쟁과 전쟁이 이어지는 와중에도 백성을 생각했던 신라 장군 이사부. 우리에게 필요한 가장 한국적인 지도자의 모습을 그가 보여줄 것이다.

나는 이사부다

1. 신라 왕족과 백제 공주

　이사부는 신라의 왕족인 아진종(阿珍宗, 451~511)과 백제의 보옥(宝玉, 452?~521) 공주 사이에서 태어났다. 이들의 혼인은 신라와 백제의 결혼동맹에 의한 것이었다.

　아진종은 신라 습보갈문왕(習寶葛文王)의 아들인데, 갈문왕은 왕의 아버지나 형제에게 붙이는 칭호다. 습보의 아들 지증왕(智證王, 437~514)이 왕위에 오르면서 갈문왕의 칭호를 받은 것이다. 아진종과 지증왕은 습보갈문왕의 아들이나 어머니가 달랐다. 이찬 관직에 있던 아진종은 479년, 신라의 사신으로 백제를 방문하여 보옥공주를 만났다.

　보옥공주는 백제 개로왕(蓋鹵王, 재위 455~475)의 딸이다. 개로왕은 고구려의 압력에 맞서기 위해 애를 썼으나, 말년에 고구려 첩자에게 속아 나라를 도탄에 빠뜨리고 백성의 신망을 잃었다. 고구려의 장수왕은 이때를 노려 3만 군대를 동원해 백제를 공격했다. 개로왕은 왕자 문주를 남쪽으로 피신시키며 신라에 지원군을 요청하라 하였다.

개로왕은 결국 수도 한성을 잃고 고구려군에게 끌려가 죽임을 당하고 말았다. 왕비와 왕자비는 장수왕이 취하고 후궁과 공주들은 고구려 장수에게 바쳐졌다. 그 전장에서 유일하게 빠져나온 여인이 보옥공주였다.

"한성을 회복하기 어려우면 웅진으로 가 다시 백제를 일으키도록 해라."

개로왕이 왕자 문주에게 마지막으로 당부한 말이었다. 문주가 신라의 지원군 1만 명을 얻어 한성으로 돌아왔을 때는 이미 한성이 불타고 백성 8천 명이 끌려간 후였다.

문주는 웅진에 도읍을 정하고 왕위에 올랐다. 문주왕(재위 475~477)은 마음이 여리고 성품이 온후하였으나 나라를 이끌어 갈 힘이 약했다. 웅진으로 터를 옮긴 뒤 왕권은 귀족들의 세력에 휘둘렸고, 결국 문주왕은 채 삼 년도 재위하지 못하고 반역자의 칼에 죽고 말았다. 열세 살의 아들(삼근왕, 재위 477~479)이 왕위에 올랐으나 병약한 어린 왕 역시 얼마 가지 못하였다.

보옥공주의 어머니는 백제의 무장 가문인 진씨 집안 출신이었다. 보옥 역시 외탁을 하여 키가 크고 용모가 아름다웠다. 당시 백제의 강력한 세력이던 진씨 귀족들은 십대의 동성왕을 새 왕으로 추대하였다.

동성왕(재위 479~501)의 즉위식에 신라의 사신이 왔는데, 아진종이라는 왕족이었다. 아진종은 보옥을 그윽하게 보더니 말했다.

"아름다우나 엄하고, 정숙하며 도량이 크신 분이라 들었는데, 과연 그러하십니다."

아진종은 이미 보옥에 대해 알고 있다는 듯이 말했다. 장수의 풍채에 유연한 선비의 얼굴을 한 아진종이 보옥의 첫눈에 들었다. 왕이 아진종을 독대한 뒤에 보옥을 따로 불렀다. 동성왕은 문주왕의 동생인 곤지(昆支)의 아들이니, 보옥에게는 조카였다.

"일찍이 우리 백제는 신라와 동맹을 맺었고 이번 웅진 천도에도 신라가 힘이 되어 준 것을 누구보다 잘 아시겠지요."

눈을 내리깔고 왕의 말을 듣던 보옥이 왕을 바로 보았다.

"신라가 우릴 도운 것은 고구려가 남하하여 신라까지 공격하는 것을 막기 위함이었겠지요. 신라가 이미 동맹을 깨고 고구려의 보호 아래 있고자 했음을 어라하께서는 잊지 마십시오. 신라는 믿을 나라가 못 됩니다."

고개를 끄덕이는 왕의 얼굴에 수심이 가득했다.

"그렇지요. 그러나 지금 우리로선 신라와 동맹을 견고히 하여 고구려의 남하를 막아내야 합니다. 예전에도 백제와 신라는 결혼동맹을 맺은 바 있고, 앞으로도 신라 왕족과의 결혼을 지속하여 그 동맹을 굳힐 것입니다."

보옥은 결혼동맹이란 말이 자신을 옥죄어 옴을 느꼈다.

"하여, 고모님께 여쭙습니다."

보옥은 결혼동맹과 자신과의 연관성을 알아채고 있었

다. 보옥을 바라보는 왕의 눈빛이 간곡하였다.

"신라의 이찬 아진종이 어떠합니까?"

아진종이 자신에게 보인 호감이 순수하지 않았다는 생각에 어쩐지 보옥은 씁쓸하였다.

"신라는 신뢰할 만한 나라가 못 되는데 신라의 왕족에게 신의가 있겠습니까?"

거절의 의미로 대답하였지만, 보옥은 이미 자신이 거역할 수 없는 상황임을 알아차렸다. 문득, 한성이 함락된 후 개로왕의 후비였던 어머니와 다른 공주들이 고구려 장수들에게 하사된 일이 떠올랐다.

'어머니는 그 능욕을 겪고 어찌 사실까? 공주들은 늙은 장수의 노리갯감이 되진 않았을까? 차라리 칼을 들고 전장에 나가 목숨을 걸고 싸우는 것이 명예롭거늘, 여인이라는 이유로 다른 나라 사내에게 바쳐진단 말인가?'

보옥의 눈에서 눈물이 뚝뚝 떨어졌다.

"제 운명이 고구려로 끌려간 제 어머니와 크게 다르지 않을 듯합니다."

왕이 당황하여 다가와 보옥을 위로했다.

"그 무슨 말씀입니까? 이것은 나라와 나라 간의 외교요, 경사입니다."

달이 보름을 지나고 있었다. 연못가에 나서자 가벼운 바람에 보옥은 다시 눈물이 났다. 바람 소리가 낯선 향기를 불러왔다. 어느새 아진종이 곁에 와 있었다.

"웅진의 달이 서라벌보다 밝은 듯합니다."

보옥은 눈물을 닦고 목소리를 진중히 했다.

"땅이 기름지고 하늘이 맑은 곳이지요. 비록 고구려의 침입으로 어려움을 겪었으나 백제는 풍요롭고 순박한 나라입니다. 저 달과 같이 밝은 땅입니다."

아진종은 크게 고개를 끄덕이더니 보옥을 바라보았다.

"달은 점점 자라 만월이 되고, 만월은 기울기 마련입니다."

아진종의 말 속에는 가시가 있었다.

"그에 비해 신라는 아직 가득 차지 않았으니, 곧 만월이 될 날이 오겠지요."

아진종의 목소리는 공손하였으나 보옥에게는 그 말이 백제를 업신여기는 것으로 들렸다.

"신라의 왕족은 오직 흥망 앞에만 고개를 숙이나 봅니다. 달은 차올랐다가 기울고, 기울었다가 다시 차오르는 것이 순리지요."

　보옥의 말에 아진종이 살포시 웃음을 지었다.

　"그렇지요. 사실 나는 달이 차오르고 기우는 일에 별 관심이 없소. 지금 내 마음엔 백제와 신라도 없소. 나는 그저 아리따운 여인의 마음을 얻고 싶을 뿐이오."

　"우리 사이에 백제와 신라가 없다면 지금 이렇게 마주하지도 않겠지요."

　신라의 사내는 가볍게 말을 잘 돌리는구나 싶어 보옥은 그에 대한 믿음이 생기지 않았다.

　다음 날, 왕은 대신들 앞에서 아진종과 보옥의 혼인을 알렸다. 대신들은 혼인을 축하하며 기대와 안도의 말을 아끼지 않았다. 아진종은 축하의 말에 일일이 화답하며 기뻐하였다.

　신라로 떠나기 전날, 보옥은 사당에 들어가 부모님의 위패를 향해 절을 올렸다.

　"고구려군의 침략으로 부모님을 잃어 사고무친인 제가,

이제 신라로 가니 다시 백제 땅을 밟기 어려울 것입니다."

부모님의 축복을 받으며 혼인하지 못하고 외로이 신라로 가야 하는 운명이 야속하기만 하였다. 흐느껴 울다가 돌아보니 아진종이 서 있었다. 아진종도 사당에 들어가 보옥 부모의 위패를 향해 절을 올렸다. 아진종은 눈물을 흘리는 보옥 곁을 말없이 지켜주었다.

서라벌의 왕족들이 사는 동네엔 높은 기와지붕들이 줄을 서 있었다. 신라의 귀족들은 화려한 문양을 좋아한다더니 과연 그러하였다. 일가는 보옥에게 친절하였고, 하인들은 그녀를 잘 따랐다. 보옥은 아침저녁으로 서쪽의 백제 땅을 향해 절을 올리는 것을 잊지 않았다.

계절이 덧없이 흘러갔다. 꽃이 피는 봄에도 잎이 지는 가을에도 보옥의 가슴속엔 떨어져 흩날리는 꽃잎만 무성했다. 차갑고 시리던 보옥의 가슴에 피가 돌기 시작한 것은 아이를 잉태한 후였다.

'네가 나를 살게 하는구나, 아가야. 백제인의 피와 살을 받은 내 아가야.'

배가 불러오면서 보옥의 낯빛이 밝아졌는데 아진종은

그런 보옥을 더 귀하게 여겼다.

산달이 다 되었을 무렵, 고구려가 신라의 국경을 침범해 와 신라는 백제에 지원을 요청했다. 신라와 백제의 군사가 모산성에서 고구려군과 맞서 격렬한 전투를 치렀다. 아진종이 전투의 상황을 보러 모산성에 갔을 때 보옥에게는 산기가 있었다.

"아가야, 아버지가 곧 오신단다. 조금만 기다리렴."

보옥은 진통이 오는 배를 쓰다듬으며 말했다. 그녀는 처음으로 지아비인 아진종이 그리웠다. 그의 그윽한 말소리를 떠올리며 보옥은 잠시 풋잠이 들었다.

꿈속에 들판을 달리는 말을 보았다. 그 말에 한 사내가 앉아 있었다. 그 사내가 아진종인가 싶어 보옥은 반갑게 그를 맞으려 했다. 말은 거침없이 달려 바다에 다다랐다. 말을 타고 바다를 건너는 사내는 아진종이 아니었다. 어린아이가 말간 얼굴로 바다 위를 달리며 웃고 있었다.

"앗!"

갑작스러운 진통에 소스라치며 보옥은 잠에서 깼다. 입 밖으로 비명이 새어 나올 만큼의 고통이 이어졌다. 뱃속이 끊어지는 듯한 아픔에 기진할 즈음에, 마당에서 크게 외치는 소리가 들렸다.

"모산성에서 승전보가 왔습니다. 신라와 백제의 연합군이 고구려를 격퇴하였답니다. 이찬 어르신이 오고 계십니다!"

보옥은 기쁜 마음으로 온 힘을 다하였다. 아이의 울음소리가 우렁차게 울렸다. 땅을 딛고 바다 위로 말을 달리던 사내아이가 보옥의 품속에 와 안겼다.

484년, 신라 습보갈문왕의 아들인 아진종과 백제 개로왕의 딸인 보옥 사이에서 이사부가 태어났다.

2. 이사부의 이름과 가계

이사부!

우리는 그의 행적에 대해 분명하게 알고 있는 것이 많지 않다. 우선, 그의 이름조차 정확하게 알지 못한다. 이사부의 이름이 '이' 자로 시작되기에 그의 성을 이씨로 착각하기도 하지만, 이사부(異斯夫)는 이(李)씨가 아니다.

이사부는 『삼국사기』에는 김(金)씨, 『삼국유사』에는 박(朴)씨로 기록되어 있다. 그렇다면 '이사부'란 이름은 어디에서 나왔는가?

이사부(異斯夫) 혹은 태종(苔宗)이라 부른다.

성은 김(金)씨요, 내물왕의 4세손이다.

　『삼국사기』에 따르면 이사부(異斯夫)는 성은 김씨요, 이름은 태종(苔宗)이다. 당시에는 한자를 이두식으로 표기하여 읽고 쓰는 방식이 지금의 한자 표현법과 달랐다.

　태(苔)는 이끼를 뜻하는 말인데, 그 음을 따서 '잇'으로 읽고 이것이 '잇' 혹은 '이사'라는 발음으로 표현되었다. 당시에 사이시옷은 주로 '사'로 표현하기도 하였다. 그러므로 '이사'는 태(苔)의 뜻을 소리 나는 대로 쓴 것이다.

　종(宗)은 당시의 왕족 남자의 이름에 자주 나온다. 법흥왕의 이름은 원종이었고, 거칠부는 황종, 이사부의 아들은 세종으로 기록되어 있다. 종(宗)은 그 의미상 부(夫)에 대응하는 말인데, 당시부터 사람을 나타내는 말에 부(보)를 많이 쓴 것으로 보인다. 울보, 먹보, 흥부 등의 표현이 이에 해당하는데 이 역시 소리 나는 대로 쓴 것이다.

　그러므로 '이사부'는 음을 따서 쓴 이름이고, '태종'은 뜻을 따서 쓴 이름이다. 당시에는 '잇부'와 유사한 발음으로 불렸을 것으로 추정한다. 지금 식으로 성과 함께 이름을 말한다면, '김이사부'가 그의 이름이다. 그런데 당시의 기록을 보면 이름을 쓸 때 성은 쓰지 않고 대부분 이름만 적고 있다.

이사부와 같은 시기에 활동한 거칠부를 예로 든다면 그는 황종(荒宗)으로 기록되어 있다. 거칠 황(荒)의 '거칠' 음을 이름에 그대로 붙여 '거칠부'가 된 것이다. 통일신라시대에 널리 퍼진 이두 혹은 향찰 식의 표기 방식은 고려시대까지 이어진 것으로 보인다.

지철로왕(智哲老王) 13년, 섬의 오랑캐들이 그 물이 깊은 것을 믿고 몹시 교만하여 조공하지 않았다. 왕이 이찬(伊湌) 박이종(朴伊宗)을 시켜 군사를 거느리고 가서 이를 토벌하게 하였다.

『삼국유사』 기이(紀異) 지철로왕(智哲老王)

지철로, 혹은 지대로는 지증왕의 이름이다. 『삼국유사』에는 이사부의 이름이 박이종(朴伊宗)으로 나온다. 『삼국사기』에는 김씨로 나오는 이름이 『삼국유사』에는 박씨로

나오는 경우가 더러 있다. 일연의『삼국유사』는 김부식의
『삼국사기』보다 140년 정도 뒤에 나왔다. 그래서 성을 쓰
지 않고 전해지던 왕족의 이름이『삼국유사』에는 간혹 잘
못 표기되었을 것으로 추정한다.

　성을 빼고 이름을 본다면, 이종(伊宗) 역시 태종(苔宗),
이사부와 같은 이름을 표기한 것이다. '잇보'에서 사이시
옷이 탈락한 '이'를 소리 나는 대로 쓰고, 사내를 가리키
는 종(宗)은 뜻을 표기하였다. 즉, 이사부(異斯夫)의 '이(
異)'가 '이(伊)'로 옮겨가고, '부(夫)'가 '종(宗)'이 된 것이다.

　진흥왕 대에 세운 단양적성비(550년)에서 이사부(異斯
夫)의 이름은 이사부(伊史夫)로 등장한다. 단양 적성비에
는 공을 세운 이의 이름을 관직 순서대로 새겨놓았는데
맨 위에 이사부의 이름이 있다.

　王敎事 大衆等 喙部 伊史夫智 伊干岐....

　왕이 대중등(大衆等)인 훼부(喙部)의 이사부(伊史夫)지
이간지에게 교하시었다.

『일본서기』에도 이사부가 등장하는데 이질부례지간지(伊叱夫禮智干岐)'라는 긴 이름으로 기록되어 있다. 신라어와 가야어에서 지(智)는 존칭인 '님'의 의미이고, 간지(干岐)는 높은 자리에 있는 사람을 뜻한다. 단양적성비에도 이 표현들이 나왔다. 그러므로『일본서기』에서 이사부의 이름은 '이질부례'이고 일본어 가나를 적용해서 발음하자면, '이시부레치칸키'가 된다.

『삼국사기』와『삼국유사』에는 이사부의 출생 시기에 대한 정확한 기록이 없다.

『삼국사기』에서 이사부가 내물왕의 4대손이라고만 할 뿐 그의 가족 관계에 대한 언급은 없다. 신라는 내물왕(내물마립간) 대부터 김씨가 왕위에 올랐으므로,『삼국사기』에서는 이사부를 김씨 왕족으로 본다.

이사부의 아버지인 아진종(451~511)은 내물왕의 손자인 습보갈문왕과 보량 공주(보량 부인) 사이에서 태어났는데, 보량에 대한 기록은 없다. 지증왕(437~514)은 습보갈문왕과 눌지왕의 딸 오생 부인 사이에서 태어났다. 아진종과 지증왕은 이복형제이므로 그들의 아들인 이사부 (484?~562이후)와 법흥왕(480~540)은 사촌지간이다.

『화랑세기』에서는 484년, 이사부가 아진종과 백제의 보옥공주 사이에서 태어났다고 기록하고 있다. 이사부가 505년 20대 초반에 실직의 군주가 되고 512년 20대 후반에 우산국을 정벌한 것으로 보면, 480년대 중반에 태어난 것이 분명하다.

이를 바탕으로 이사부의 가계도를 정리하면 아래와 같다.

500년, 신라의 소지마립간이 죽은 후, 화백회의에서 다

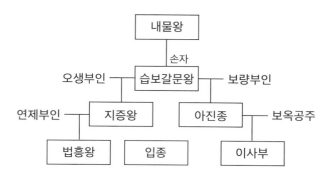

음 마립간을 정하였다. 소지마립간에게 아들이 없어 6촌인 왕족에게서 차기 마립간을 찾았다. 이사부의 아버지인 아진종도 그 후보군에 들었으나, 지대로(지증왕, 437~514)가 마립간에 올랐다. 지대로는 기골이 장대하고 왕위에 오를 때 이미 60대의 나이였다.

지증왕은 마립간이 된 지 얼마 후 마립간 대신 '왕'이란 칭호를 쓰기로 하고 장자에게 왕위를 계승한다고 공표하였다. 또한 나라의 이름을 '신라'로 확정하고, 서라벌의 궁궐은 '월궁'이라 부르며 증축해 나갔다.

또한 지증왕 대에는 화랑의 전신인 '선도'가 있었다. 선도는 신라의 왕족과 귀족 자제들이 모여 심신을 수련하는 비공식적 단체였다. 이사부가 나중에 화랑을 이끈 것으로 보아, 이사부 역시 십 대 초반부터 선도에 들어 심신을 수련한 것으로 보인다.

선도는 무예를 단련하고 정신 수양을 하며, 철 따라 명산대천을 찾아다니며 호연지기를 길렀다. 초기에는 비공식적 단체였던 선도는 점차 신라 청년의 위상을 대표하는 교육기관이자 정예군으로 발전하여 화랑으로 거듭나게 된다. 그 화랑을 이끄는 중심에 이사부가 있었다.

지증왕은 이사부가 십 대였을 때 궁으로 불러 관직을 내렸다. 『삼국사기』 열전 이사부 편에는 이사부의 첫 활약을 이같이 기록하고 있다.

지증왕 때 변경의 관리가 되어 거도(居道)의 계략을 모방하여 말놀이로써 가야[加耶, 혹은 가라(加羅)]국을 속여서 빼앗았다.

이사부가 모방했다는 거도(居道)는 신라 초기의 인물이다. 인근의 지역을 정복하려 하였지만 함부로 전쟁 준비를 했다가는 적들이 눈치챌 테니 속임수를 썼다. 신라에는 매년 한 번씩 말을 들판에 모아놓고 군사들이 말을 타고 달리면서 노는 마숙(馬叔)이라는 행사가 있었다. 거도는 이 행사를 하는 척하다가 주변의 나라를 기습공격하여 멸하였다고 한다.

이사부가 이것을 모방하여 마숙 행사를 하는 척하다가 근방의 가야를 빼앗았다고 전한다. 그런데 여기서 말하는 가야가 어디인지는 명확하지 않다. 이사부의 가야국 점령은 법흥왕 때인 532년 가락국(금관가야)부터 시작하여 562년 대가야를 점령하는 것으로 마무리되었다. 그러므로 지증왕 때 가야를 빼앗았다는 내용은 시기적으로 옳지 않다. 그래서 법흥왕 때의 일이 와전되어 잘못 기록된 것이 아닌가 하는 주장이 있다.

다만 지증왕 시절이 명확하다면, 가야국 근방에 있던 많은 소국 중의 한 나라를 점령한 것으로 추정할 수 있다. 이사부를 연구한 한 학자는, 여기서 말하는 가야를 가야계 소국 중의 하나인 '다라국'이라고 보았다. 이 기록이 옳다면 이사부가 십 대에 다라국을 점령하였고, 그 공으로 높은 관직에 오른 것이라 할 수 있다. 그런데 다라국은 다른 기록에서 6세기 중반까지 존속하였던 것으로 나와, 여기서 말하는 가야가 다라국이 정확한지에 대해서는 애매한 면이 있다.

그래서 기록에 근거한 이사부의 공식적인 활약은 『삼국사기』와 『삼국유사』에 실린 바와 같이 실직주의 군주가 되면서 시작된 것으로 본다.

3. 실직 군주가 되다

이사부는 십 대 후반에 이찬의 관직에 올랐다. 이찬은
신라의 17관등 중에서 두 번째로 높은 관직이니, 십 대에
이찬이 되는 것은 드문 일이었다. 그리고 505년, 지증왕은
그를 실직의 군주에 임명하였다.

실직(悉直)은 어떤 곳인가?

실직은 지금의 삼척 지역에 있던 고대 국가였다. 신라
는 2세기에 삼척에서 흥해에 이르는 실직 왕국을 복속시
켰다. 이때 실직의 북쪽에는 예국(지금의 강릉)이 있었
고, 실직의 복속으로 신라는 예국과 갈등 관계에 놓였다.
이어 고구려가 옥저를 예속시킨 후 동해안을 따라 남하하

면서 예국을 끌어들여 신라와 전쟁 상태에 들어갔다. 이 때부터 동해안 지역은 5세기 말까지 신라와 예국, 고구려의 전쟁에 휘말리게 되었다.

400년, 왜군이 침입하자 신라는 광개토대왕에게 원군을 요청했고, 이때 고구려군의 퇴각하면서 실직의 옛 영토를 장악하였다. 그 이후 다시 신라에 복속되었는데, 450년 고구려 장수가 실직 땅에서 죽은 것을 빌미로 하여 고구려가 실직을 공격하였다. 치열한 공방전을 벌이다가 고구려 장수왕(재위 413~491)이 실직성을 공격하여 함락하고 만다. 장수왕은 이 전투에 고구려군 외에 말갈군 1만 명을 투입하였다 하니, 실직을 차지하는 데 공을 많이 들인 것이다. 이때부터 실직은 고구려의 하슬라(何瑟羅)주(옛 예국)에 편입되었다.

그 후에도 고구려와 신라는 동해안을 차지하기 위하여 계속 전쟁을 치르다가 실직은 다시 신라의 영토가 되었다. 이후에 신라는 삼척에서 흥해까지 대대적으로 성을 구축하였는데, 이사부는 실직을 되찾는 이 전투에 출전하여 공을 세운 것으로 보인다.

지증왕 대에 실직이 신라의 영토가 된 것이 『삼국사기』에 나와 있다.

지증왕 5년(504년), 파리(波里), 미실(彌實), 진덕(珍德), 골화(骨火) 등에 열두 개 성을 쌓았다.

『삼국사기』「신라본기」

기록에 나오는 지명은 지금의 삼척을 포함한 동해안 주변의 이름들이다. 그런데 지증왕은 실직의 군주로 왜 이사부를 선택하였을까?

그 이유는 두 가지로 추정해 볼 수 있다.

첫째는 실직을 고구려로부터 회복하는 전투에 이사부가 참여하였기에 실직을 잘 아는 이사부를 군주로 가게 하였다는 것이다. 동해안 지역은 오랫동안 고구려와 전투를 치러 겨우 회복한 땅이다. 신라로서는 실직이 군사적으로 중요할 뿐 아니라 동해를 지키는 핵심적 역할을 할 곳이다. 또한 실직 땅은 신라 왕족으로서는 잘 모르는 곳으로 실직 왕족이 다스리고 실직의 제도가 유지되고 있었다. 그러므로 이사부가 실직을 빼앗는 전투에 참여해 공을 세워 이찬의 벼슬에 올랐으니, 그를 실직의 군주로 앉혔다는 논리다.

둘째는 지증왕의 조카인 이사부가 지증왕의 아들인 원종(훗날의 법흥왕)과 왕위를 다투게 될 것을 염려하여 변방으로 보냈다는 것이다. 지증왕은 육십이 지난 나이에 왕위에 올랐기 때문에 그의 아들 역시 사십 대의 장년이었다. 아들의 왕권에 위협이 되는 인물인 젊은 이사부를 변방으로 쫓았다는 추론에도 일리가 있다. 다만 차후에 이사부가 실직의 군주로 있으면서 행한 일들을 보면 첫 번째 추론에 무게가 실린다.

이 두 가지와는 상관없이, 고구려로부터 회복한 실직의 중요성을 인식한 지증왕과 이사부의 견해가 일치하였는지도 모른다. 지증왕은 실직을 동해안 진출의 전진기지로 인식하여 믿을만한 이사부를 최초의 군주로 보낸 것이다. 이사부로서는 처음부터 전선을 만들고 수군을 키울 계획이었다면 실직에 자원했을 수도 있다. 월성에서 왕권을 다투는 것보다 신라의 앞날을 내다보고 큰 목표를 세운 것이다. 이사부 일생의 행적을 돌아보면 그의 목표는 월성의 권력을 쥐는 데 있지 않았다. 그는 언제나 권력에 집착하지 않고 백성과 나라를 위해 진취적인 선택을 하고 실천하였는데, 그 시작이 실직의 군주가 된 것이었다.

　지증왕은 신라의 각 지역을 주, 군, 현으로 나누는 법을 만든 후, 변방인 실직에 처음으로 주를 설치하였다. 주(州)는 중앙의 정예 군단이 주둔하는 최전방의 전진기지이며, 군주(軍主)는 정예 군단을 통솔하면서 지역의 군정과 행정을 총괄하는 임무를 띠고 있었다.
　지증왕은 화백회의에서 이사부를 실직의 군주로 내세웠다.
　"실직을 실직주로 승격시키고 이찬 이사부를 군주로 삼고자 하오."
　"실직이 신라에 복속된 지도 얼마 되지 않았는데 주로 삼다니요? 군이나 현으로 하는 것이 타당합니다."
　대신의 말에 왕은 단호하게 말했다.

"실직은 북쪽으로 고구려를 막는 중요한 역할을 하니 실직주로 하는 것이 마땅하오. 또한 변방에 가고자 하는 왕족이 없을 터이니 이사부를 군주로 임명하는 데 모두 찬성해 주시오."

지중왕은 505년, 이사부를 실직주의 군주로 임명하였다.

지중왕이 이 해에 행한 일이 하나 더 있으니 바로 선박의 이용을 제도화하였다는 것이다. 본격적으로 선박을 만들기 위해서는 선소를 지어야 한다. 당시 서라벌 인근에 선소를 지었다는 기록은 없으나, 실직에 선소를 지어 배를 만든 것은 분명하다.

이사부는 실직에서 전선을 만들고 수군을 양성하였다. 이것은 해마다 신라를 공격하는 왜군을 막고자 한 데서 비롯되었다. 왜군은 이미 오래전부터 거의 해마다 신라에 쳐들어와 백성을 죽이고 해안의 성을 점령하였다. 이사부가 활동한 6세기 이전에 신라를 가장 괴롭힌 적이 바로 왜였다.

『삼국사기』에는 신라 시조인 혁거세 때부터 왜의 침입에 대한 기록이 계속 나온다. 네 차례나 도읍을 포위하고, 백성들을 끌고 갔다. 임금의 동생을 볼모로 잡았고, 대신의 딸을 왜왕에게 시집보내라고 하기도 했다. 459년에는 왜가 100여 척의 대함대를 이끌고 동쪽 변경을 습격하여 월성까지 포위하였다. 462년에는 왜군이 활개성을 침범하여 신라군 천 명이 포로가 되었다. 왜군이 성을 에워싸도 신라는 그들이 지치기를 기다렸다가 후퇴하는 적을 공격하는 수동적인 방법을 취했다. 476년과 477년에도 왜선의 대대적인 공격이 있었고, 이후 왜의 공격에 대비해 성을 쌓기도 하였다.

바다에서 백성들이 왜의 해적에 수탈당하는 것은 더 극심하였다. 그들은 해안을 노략질하고 어민을 잡아가기 일쑤였다. 그러나 신라는 해전에 약하여 바다를 건너가 공격하는 것은 생각할 수도 없었다. 정식 수군이 따로 없었으며 제대로 된 전선도 없었다.

『고려사』에는 왜군이 침입하여 백성을 도륙하는 장면

이 나온다.

해적들이 해안 마을에 침입하였다. 그들은 마을 사람들을 잡아 왔다. 해적은 그들 중 어린 여자아이를 끌어내어 그대로 칼로 배를 갈랐다. 아이의 내장을 바다에 버리고 빈 뱃속을 바닷물로 씻어냈다. 죽은 아이의 뱃속에 준비해 온 쌀을 담았다. 아이로 밥을 지어 제사를 지내고 마을에 들어섰다.

왜군은 배에 중을 데리고 다녔다고 한다. 살육을 서슴없이 행하면서 중을 앞세워 자신들의 무사를 기원하는 제를 지낸 것이다. 『고려사』의 기록이 이러하니, 신라의 변방을 쳐들어오는 해적의 횡포도 이와 비슷하였다.

왜군의 행색은 당시를 표현한 많은 그림에서 같은 모습으로 등장한다. 머리를 풀어 헤치고 아랫도리는 벗고 긴 웃옷만 걸쳤으며 신발을 신지 않았다. 아랫도리를 벗고 신발을 신지 않은 것은 긴 해상 생활의 편이성에서 비롯되었을 것이다. 손에 긴 칼을 들고 갑옷은 입지 않았는데 장수들만 머리부터 무릎까지 오는 긴 갑옷을 입기도 하였다.

　왜군은 밀물을 타고 들어와 식량을 약탈하고 사람을 죽이거나 잡아갔다. 그들은 배를 잘 몰았기 때문에 도망치는 데도 재빨랐다. 왜군이 후퇴할 때 적의 뒤를 치려 하여도, 바다로 달아나는 왜군을 공격할 수 없었다. 통나무배가 몇 척 있었으나 전선은 아니었고, 수군이 따로 없어 육지의 군사가 바다에 가면 수군 역할을 했다.

　이사부는 실직의 바다에서 왜군에게 당하는 백성의 사정을 직접 목격하였다.

　"왜군을 막으려면 배와 수군이 있어야 한다!"

　그렇게 결심한 이사부에게 실직은 가장 적당한 곳이었다. 서라벌에서 멀리 떨어진 변방에서 그가 도모하는 일에 귀족들은 큰 관심을 가지지 않았다. 월성의 권력 다툼에서 멀리 떨어져나와 뜻을 품을 수 있는 새로운 땅, 그곳이 실직이었다.

4. 전선을 만들고 수군을 키우다

　실직의 성 바깥으로 오십천이 흐르고 있었다. 강의 상류에 있는 갑자 평원에 큰 소나무가 많았다. 실직의 왕족과 귀족들이 장차 이곳에 능을 쓰려 하여 아무도 갑자 평원을 침범하지 못했다.

　'갑자 평원의 소나무를 잘라 오십천을 따라 하류로 이동해 거기서 배를 만든다. 오십천 하류에는 양쪽에 산성이 있으니 적의 침입을 막기에도 유리하다!'

　이사부는 오십천이 바다에 닿는 해안에 선소를 짓기로 하였다.

　그러기 위해서는 우선 갑자 평원의 나무를 베어야 하는데, 실직의 귀족들이 이에 반대하였다.

"이곳은 귀족의 능을 하려고 오래전부터 공을 들인 곳이오. 이곳의 나무로 귀족 집안의 가구를 만드는데, 하필 이것이 나무를 베서 배를 만들겠다 하시오?"

"왕께서 순장을 금하고 능을 작게 지으라 명하셨으니, 귀족들도 갑자의 땅에다 굳이 능을 지을 필요가 없소. 나라를 위하고 실직의 백성을 위한 일이니 여러 귀족이 은혜를 베풀어 주시오."

이사부는 실직 귀족을 설득하고 회유했다. 끈질긴 설득에 옛 실직 왕족이 갑자 땅을 내놓기로 하였다.

갑자 평원의 나무를 베어 떼배에 실어 오십천 하류로 옮겼다. 떼배는 당시 동해안 지역에서 어민들이 쓰던 배다. 통나무를 여러 개 묶어서 뒤에 키를 하나 달았는데, 키가 노의 역할까지 거뜬히 해냈다.

선소를 지으려면 많은 백성이 동원되어야 했다. 선소 주변에는 마을이 형성되고 목수일을 할 줄 아는 사내들은 모두 모여들었다. 백성에게 일을 배분하고 그들을 먹여 살리는 것 역시 군주의 할 일이었다. 막 약관을 넘긴 젊은 군주는 선소를 짓는 공사를 벌이면서 백성의 신뢰를 얻었다. 그리하였기에 수년간 이어지는 배 건조와 수군 양성에 성공할 수 있었다.

신라는 고구려와 백제를 막아내기도 급급하여 전선을 만들 엄두도 내지 못하고 있었다. 배라고는 귀족들이 뱃놀이로 타던 통나무배가 다였다. 그러므로 우선 배를 잘 만드는 장인을 찾고 목수들을 모았다. 무엇보다 이사부 자신이 배에 대해 잘 알아야 했다.

"통나무배는 떼배처럼 뒤쪽의 키 하나로 젓습니다. 그 배에는 서너 명밖에 타지 못합니다. 하지만 전선은 선체를 크게 만들어야 하니 뱃전을 높이고, 키 대신 노를 저어야 합니다. 선체의 크기에 따라 양쪽에 노꾼을 몇 명씩 앉힐지 헤아릴 수 있습니다."

또한 배를 만들기 위한 좋은 재료도 엄선해야 했다. 소나무와 오동나무가 주로 쓰였는데 두 나무의 속성이 달랐다. 소나무는 단단하기는 하나 무겁고, 오동나무는 그보다 가벼웠다.

"몇 년 동안 물에 푹 담가 놓았다가 잘 말린 소나무라야 단단하고 뒤틀림이 없습니다."

물에 담갔다가 나무를 쓰는 방법을 수침법이라 하였다. 그러니 배는 그 재료를 다듬는 일에서부터 시작하여 단시간에 만들 수 있는 게 아니었다.

"왜에는 오동나무가 많은가 봅니다. 왜선은 대부분 오동나무로 만들어 가볍고 물에 잘 뜹니다."

이사부는 좋은 오동나무 숲을 수소문하였다. 오동나무 중에서도 벤 자리에서 자란 나무가 다시 베어진 후 세 번째 자란 나무가 가장 좋다고 하였다. 배를 만들 때 소나무와 오동나무를 적당히 섞어서 배가 너무 무겁지 않고 물살을 잘 건너도록 하였다.

또한 바닷길에 따라 배의 모양도 달라졌다.

"백제의 해안은 갯벌이 가도 가도 끝없이 넓어서 배 밑이 넓습니다. 하지만 거친 동해를 건너는 배는 배 밑이 뾰족해야 물살을 잘 넘습니다."

그러나 왜선처럼 배 밑이 너무 좁으면 해상전을 치를 때 방향 전환이 어려웠다. 이사부는 동해의 특성과 전투 상황을 고려하여 선체의 모양을 교정하였다.

배의 밑창은 통나무 세 쪽을 붙여 만드는데, 그 연결점은 암수의 몸처럼 홈을 파서 끼워 넣었다. 뱃전은 나무를 하나씩 쌓아 올려붙이는데, 그 연결점 역시 서로 잘 끼워 이음새가 표나지 않았다.

"배에서 가장 중요한 것이 노입니다. 노는 휘거나 부러 지면 안 되니, 가장 단단한 참죽나무로 만듭니다."

노는 두 개의 나무를 연결한 후, 연결한 뒷부분에 있는 구멍을 배에 있는 노좆에 꽂아 쓰는 것이었다. 이사부는 오랫동안 배를 만드는 일에 몰두했다. 배는 왜군을 침입 을 막을 방패이자 신라가 바다로 나아가기 위한 새로운 무기였다. 이사부는 배를 만들어 바다로 나가 왜적을 섬 멸하는 날을 꿈꾸었다.

이사부는 선소를 짓고 배를 만드는 작업을 하면서 동시 에 수군을 양성하였다. 당시 관군의 수는 많지 않았기에 군사를 키우려면 귀족들이 가진 사병이 필요했다. 그러 나 귀족은 자신들의 권력이 축소될 것을 우려해서 사병을 내놓으려 하지 않았다.

그것은 서라벌의 상황도 마찬가지였다. 지증왕은 병부

를 만들고자 했으나, 귀족들의 반대에 부딪혔다. 관군을 늘리려면 귀족의 사병을 내놓아야 하니, 귀족들은 병부의 설립에 반대하였다.

이사부 역시 수군을 키우는 일이 쉽지 않았다.

"실직의 사내는 선소에서 일을 하거나 수군이 되어 훈련을 받거나 둘 중 한 가지라 하니, 군주가 실직 백성을 노역으로 내몰고 있소."

실직의 귀족들은 신라의 왕족이 군주로 온 후부터는 조용할 날이 없었다고 하였다.

"귀족이 편하게 살 수 있는 것은 모두 백성이 있기 때문이오. 백성의 안위를 지켜주어야 귀족도 안전할 수 있소. 왜군을 물리치고자 수군을 키우고 있으니, 귀족들이 실력 좋은 사병들을 내놓으면 수군의 훈련에 큰 도움이 될 것이오."

무예를 연마한 귀족의 사병에 비해 수군의 실력은 오합지졸이었다. 육지의 훈련도 어려운데 해상의 훈련은 더욱 힘들었다. 배를 타면 뱃멀미에 시달리고 흔들리는 배 위에서 활을 잡기도 어려웠다. 그러나 거듭된 훈련으로 수군은 배를 타고 나가 활을 쏘는 일에도 능하게 되었다.

"귀족들이 사병을 내놓으면, 월궁에 일 년에 두 번씩 내는 세금을 한 번으로 줄이고, 실직의 운영은 실직이 자유롭게 하도록 하겠소."

결국 이사부의 거듭된 회유로 실직 귀족들은 사병을 내놓았고 수군의 기량은 더욱 향상되었다. 이사부는 실직에서 군주로 있는 7년 동안 실직을 동해안의 군사적 핵심지로 만들어 놓았다.

5. 왜를 막으려면 우산국을 쳐야 한다

　수군이 바다에 나가 훈련을 하면서 해적이 출몰하는 경
우가 줄어들었다. 그런데 바다에서 왜군뿐만 아니라 우
산국의 해적도 자주 만난다고 하였다.

　우산국!

　산성의 망루에 올라 수평선을 바라보면, 날씨가 아주
맑은 날에만 간혹 보이는, 먼 섬이었다. 이사부는 진작부
터 우산국이 궁금하고 괘씸하였다.

　우산국은 본래 신라에 조공을 바치는 작은 섬나라였다.
당시에는 작은 나라가 큰 나라를 섬기며 조공을 바치고,
대신 작은 나라는 큰 나라의 보호를 받았다. 그런데 우산
국은 대마도보다 더 큰 힘을 키우더니 신라에 조공을 바

치지 않았다. 그들은 신라를 왜의 침입을 끊임없이 받는 나약한 나라로 본 것이다.

신라는 우산국의 조공을 받고자 하였으나, 우산국은 먼 바다의 한가운데 있었다. 물이 깊고 험하여 감히 우산국에 접근하기도 어려우니 조공을 바치지 않아도 그대로 두고만 있었다.

그러나 이사부에게는 우산국이 조공을 바치지 않는 것보다 왜와 합세하여 어민을 수탈하는 것이 더 큰 문제였다.

어느 날, 해안에 왜군이 침입하였다. 이사부는 수군을 이끌고 배에 올랐다. 그러던 중 왜선의 깃발과 다른 깃발을 보았다. 우산국의 깃발이었다.

이사부도 직접 전선에 올랐다. 왜선에 불을 지르자 다른 배들은 급히 뒤로 물러났다.

"우산국의 배에 밀착시켜라!"

이사부는 우산국의 배를 집중적으로 공격했다. 전선으로 우산국의 배를 밀어붙이며 쇠고리를 걸었다. 기우뚱

거리는 우산국의 배로 건너가자 왜인들은 물에 뛰어들었다. 적들의 행색을 보니 갑옷을 입은 자가 없어 훈련받은 군사는 아닌 듯했다.

수군은 후퇴하는 왜선을 쫓고, 이사부는 우산국의 배에 있던 노잡이 사내들을 끌어냈다.

"너희는 우산국 백성인가?"

"살려주십시오!"

노잡이 두 명이 신라어로 다급히 외치며 머리를 조아렸다.

"군주님, 살려주십시오! 저희는 본디 신라인인데, 왜놈들이 잡아가 우산국에 팔았습니다. 살려주십쇼!"

사내들은 새까맣게 마른 얼굴에 광대뼈가 툭 튀어나왔는데 겁에 질린 두 눈만이 희번덕거렸다.

"왜놈들은 신라 해안에서 사람들을 잡아가 사내들은 노잡이로 씁니다. 그러다가 바다에 제물로 바치기 일쑤입니다."

"저는 아내와 함께 잡혔는데, 아내가 병이 들자 산 채로 바다에 던졌습니다. 군주님, 원수를 갚게 해주십시오!"

왜군에게 잡혀간 신라인은 노예로 살다가 무참한 죽임을 당하고 있었다.

"우산국의 배가 어찌 왜선과 함께 오는가? 우산국이 왜와 한통속인가?"

"우산국은 왜와 신라 사이에 있습니다. 그러니까 왜놈들이 본토에서 배를 타고 와 우산국에서 휴식을 취하고 신라로 오는 거지요. 우산국의 왕후가 왜인이고 왜인들이 워낙 포악하여 우산국 사람들도 어쩌지 못합니다."

"왜에서 신라까지 뱃길이 머니 놈들은 우산국에 들렀다가 식량을 얻고 물때를 보고 오는 거지요."

이사부는 관료와 장수들을 불러 모아 우산국에 대해 논의하였다. 우산국 배를 타고 온 노잡이 사내들은 우산국의 상황을 소상하게 전해주었다. 이사부는 우산국과 왜의 관계에 대해 자세히 들은 후에 무릎을 쳤다.

'왜군은 우산국을 거쳐 신라로 온다! 신라를 공격하기 위한 거점으로 우산국을 이용하고 있는 것이다!'

이사부는 드디어 답을 찾았다. 전선을 만들고 수군을 양성해도 망망대해의 어디에 있는지 불명확한 왜의 본토를 치기 어렵다는 점이 원통했다. 그러나, 왜를 섬멸할 수는 없으나 왜의 침입을 막을 방법은 찾았다.

"왜군을 막으려면, 우산국을 쳐야 한다!"

"예? 가본 적도 없는 우산국을 말입니까?"

해상에서 힘이 막강하다는 우산국을 제압하고, 왜가 신라로 쳐들어오는 길을 차단하는 것이 자신의 임무라도 판단했다.

"우산국은 물길이 사납고 사람들도 사나워 감히 접근하기 어렵습니다!"

그러나 이사부는 끈질기게 실직의 관료들을 설득했다. 월성의 왕에게도 이에 대한 보고를 올렸다. 조공하지 않는 우산국을 속국으로 삼아 저들의 무례함을 꾸짖고, 왜군이 더 이상 신라로 오지 못하도록 길을 막겠다고 하였다.

날이 맑은 날, 이사부는 여러 장수와 함께 산성의 망루에 올랐다. 우산국에서 온 사내들이 수평선 끝을 가리켰다.

"저 아래에, 곧 우산국이 보일 겁니다."

먼 수평선에 낮게 깔렸던 안개가 녹아내리자 새파란 점 하나가 보였다.

"저 섬이 우산국입니다!"

섬의 자태가 선명하게 보이진 않았지만, 단단한 바위처럼 보이는 섬이었다. 어민 중에는 떼배를 타고 나갔다가 파도에 휩쓸려 우산국에 닿았다가 겨우 살아서 온 이도 있었다.

"우산국이 동해의 마지막 섬인가?"

"우산국에서 동쪽으로 좀 더 가면 우산국에 딸린 우산도(于山島)라는 섬이 있습니다. 돌로 된 섬인데 이곳 사람들은 돌을 독이라고도 하여 독섬이라고 부릅니다."

이사부는 우산국을 다시 힘주어 본 후 결심하고 물었다.

"우산국으로 가려면 어느 때가 적당하오?"

"따뜻한 남서풍이 부는 유월이 가장 좋습니다."

"왜군이 우산국을 거쳐서 오니 우산국을 반드시 신라에 복속시켜야 하오. 그래야만 해마다 왜군의 침입 때문에 고통받는 백성을 구할 수 있소."

이사부는 서라벌로 가 왕에게 우산국을 정벌하러 가겠으니 허락해 달라고 고했다. 대신들은 어디에 있는지도 모르는 우산국을 친다는 것에 우려를 나타냈다. 그러나 지증왕은 왜군을 막겠다는 이사부의 의지를 믿었다.

"조공을 바치지 않고 오만한 섬나라를 쳐라! 우산국을 정벌하여 왜군에 고통받는 백성을 구하고 신라로 오는 왜군의 길을 막아라!"

이사부는 왕의 윤허를 받아 수군을 맹훈련시키는 데 돌입하였다. 수군이니 우선 헤엄부터 배워야 했다. 물에서 살아남는 법부터 배운 후에 배에 올랐다. 해상 전투에서는 특별한 무기로 쓸 수 있는 것이 활 외에는 없었다. 수군은 배를 타고 나가 종일 흔들리는 배 위에서 활을 쏘고 또 쏘았다.

전선 역시 정비를 완벽히 하였다. 대장선은 선체를 키워 돌격선 역할을 할 수 있게 하였다. 전선은 노잡이를 양쪽에 세 명씩 두고 사수가 자리를 잡을 수 있도록 하였다. 대장선에는 일반 전선보다 사수의 수를 늘리고 방패와 같은 무기도 더 실었다.

신라 초기 배의 형태에는 돛이 없었다. 그러나 바람을 안고 먼 길을 오가는 배니 반드시 돛이 필요했다. 신라의 배에서는 이사부의 전선에 처음으로 큰 돛을 달았을 것으로 짐작한다. 대장선에는 큰 마포 돛을 달고, 전선에는 그보다 작은 부들 돛을 달았을 것이다.

그리하여 6월, 이사부는 우산국을 향하여 출정하였다.

그러나 첫 출정에서 이사부는 우산국을 정벌하지 못하였다. 우산국은 절벽으로 이루어진 바위섬이다. 적들이 섬에서 맹공격을 하면 신라군은 배에서 쉽게 내릴 수 없었다. 배에서 군사들이 견딜 수 있는 시간은 육지에서보다 짧다. 신라군은 흔들리는 배 위에서 적군뿐만 아니라 거센 파도와도 싸워야 했고, 배에 싣고 간 군량미로는 며칠을 견디기도 어려웠다. 결국 이사부는 첫해에 우산국을 얻지 못한 채 배를 돌려야 했다.

6. 목우사자로 정벌하다

이사부는 이듬해인 512년, 다시 우산국 정벌에 나섰다.

첫 실패로 인해 군사를 잃고 그 가족이 아픔을 겪었다. 자칫 백성들이 그의 지도력을 의심하고 관료들이 그를 따르지 않았을 수도 있다. 그러나 이사부는 심기일전하여 다음 해 재도전하였다. 이는 백성이 그를 따르고 관료들의 신뢰를 얻어야 가능한 일이었다.

이사부는 우산국과 우해왕에 대해 더욱 면밀하게 조사하였다. 우해왕은 대마국을 정복하여 대마국의 왕녀를 비로 삼았다. 대마도의 왜군이 벌벌 떨 정도의 용맹한 왕이라 하였다. 그러나 그런 우해왕에게 의외의 약점이 있었다.

우산국에 잡혀갔다 온 사내들이 말했다.

"우해왕은 어릴 때 개에게 물린 적이 있어 짐승을 겁낸다고 들었습니다. 그 때문에 우산국에는 짐승이라곤 한마리도 없습니다."

"맞습니다. 개를 닮은 사나운 짐승은 하나도 없고 날짐승뿐이지요."

짐승을 두려워한다!

그 말이 이사부의 가슴속을 파고들었다. 우해왕이 두려워하는 짐승을 데리고 우산국에 간다면? 우산국 사람들이 본 적 없는 사나운 짐승을 데려간다면? 이사부의 가슴에 새로운 생각이 차오르기 시작했다.

'짐승을 두려워하는 우해왕에게 어떤 짐승을 보여주어야 할까?'

이사부는 고민을 거듭하던 중, 서역에서 들어온 그림에서 그 답을 찾았다. 바로 사자였다.

그림 속의 사자는 긴 갈기를 휘날리며 포효하는 모습이었다. 큰 입에는 날카로운 이빨이 선명하고 두 눈은 독수리보다 번득이고 당당한 네 다리는 땅을 박차고 오를 것 같았다.

"짐승을 무서워하는 자가 사자를 보면 오금을 저리겠군."

이사부는 검은 눈썹을 세우며 말했다. 이 사자를 데려와 우산국에 싣고 갈 수 있다면! 그러나 사자는 우리나라에 없으니 살아있는 사자를 데려갈 수는 없다. 이사부는 고심한 끝에 사자를 데려갈 방법을 찾았다.

"비밀병기를 만들어야겠소. 우산국을 칠 비밀병기!"

이사부는 전선 수리를 마친 목수들을 불렀다. 그리고 비밀병기의 도안을 몇 번이나 고쳐 그려 드디어 목수들에게 작업을 맡겼다.

그리고 싸움의 전략에 대해 장수들과 논의하였다.

"우산국엔 불이 귀하여 불을 무서워한다고 들었소. 또한 해상에서는 활 이외는 쓸 무기가 별로 없소. 그러니 화공전략을 써야 하는데, 지난 전투에서 불화살을 쏘는 것은 별 효험이 없었소."

한 장수가 말했다.

"얼마 전에 선소에 일하러 온 자 중의 하나가 자기 고향에 유황이 난다고 하였습니다. 유황이란 것이 파란색 불이 이는데 불이 아주 잘 붙는다고 합니다. 유황을 이용하면 어떻습니까?"

이사부는 직접 유황이 나는 골짜기를 찾아갔다. 산속 깊은 곳에서 유황만 캐는 자들을 만났다. 유황이 섞인 흙을 가마에서 한참 끓여 유황을 녹여 골라낸 뒤, 그것을 응고시킨 것이 노란 유황이었다. 기름 바른 헝겊에 유황을 묻힌 뒤 불을 붙이니 과연 그 화력이 대단하였다.

이사부는 출정할 날이 확정된 후에야 비밀병기를 공개하였다.

선소의 안쪽에 따로 마련된 곳으로 장수들을 모았다.

"오래 기다렸습니다. 오늘에야 그것을 보여주시다니!"

드디어 비밀병기가 공개되었다.

나무로 만든 커다란 사자의 형상! 우람한 몸집에 갈기는 바람에 날리듯 풍성하고 네 다리는 금방이라도 뛰어오르려 근육이 꿈틀거리는 듯했다.

"목우사자라니!"

다들 고개를 뒤로 젖혀 목우사자를 올려다보며 입을 다물지 못했다.

사자는 입을 크게 벌리고 있었는데 날카로운 이빨이 위협적이었다.

"저 입에서 유황불을 내뿜을 것이오. 불을 붙일 수 있는 송진과 돼지기름, 고래기름도 최대한 모았소."

이사부는 우산국을 치러 갈 군사와 전선의 규모를 점검하였다.

우산국의 인구는 천 명 남짓이라 하는데, 많아도 천오백 명은 넘지 않을 것이었다. 그들 중 싸울 수 있는 나이의 사내를 짐작하면 사오백 명이 될 것이다. 전투를 벌인다면, 우산국은 섬 안의 유리한 위치에 있을 터이니 섬 밖에서 공격하는 쪽이 훨씬 불리하다. 그러므로 공격하는 군사의 수는 수비하는 군사의 두 배는 되어야 한다. 그래서 이사부는 천 명 정도의 군사를 준비하였다.

다시 유월, 장마가 그치고 바람이 순해졌다. 바닷물이 동쪽으로 가장 세차게 밀려가는 날을 잡았다. 모두 서른한 척(전선 25척, 대장선 3척, 정찰선 3척)의 배가 출정하였다.

꼬박 하루 동안 노를 저어 다시 새벽, 우산국 앞바다에 닿았다. 우산국은 안개에 싸여 있었다. 작년에는 우산국 앞바다에서 밤을 새우는 동안 저들이 미리 알고 대비하고 있었다. 이번에는 저들이 신라의 배가 다가온 것을 알아채기 전에 공격해야 했다.

"북을 울려라!"

북소리가 고요한 바다를 흔들고, 수군의 배가 물살을 타며 거친 숨소리를 내었다.

"대장선, 전진하라!"

대장선은 뱃전에 일제히 방패를 세우고 사수들은 송진을 발라놓은 화살에 불을 붙였다. 이사부가 적진을 향해 불화살을 쏘았다. 그것을 신호로 대장선에서 한꺼번에 불화살이 날아갔다.

산성 위에 우해왕이 나섰다. 이사부는 품속에서 호각을 꺼내 입에 물었다.

"크아아앙!"

어둠을 깨치는 소리와 함께 날이 밝아왔다. 막 떠오른

태양이 전선에 우람하게 선 사자들을 비추었다. 노랗게 빛나는 갈기는 용맹스럽고 크게 벌린 입에서는 재앙 같은 포효가 터져 나왔다. 앞줄에 나선 전선들은 모두 거대한 사자를 한 마리씩 싣고 있었다.

"크아앙!"

다시 이사부가 호각을 불었다.

"우리가 우산국을 복속시키러 왔으니, 우해왕은 항복하라!"

금빛 투구를 쓴 우해왕이 앞으로 나서며 외쳤다.

"비겁하게 그 무슨 요란한 짐승을 데려왔는가?"

우해왕의 목소리는 호탕하였으나 적진은 이미 크게 동요하고 있었다.

"조그만 섬나라에서 어찌 백수의 왕인 사자를 보았겠는가?"

이사부의 호령이 끝나자마자 사자의 입에서 유황불이 내뿜어졌다. 유황불 붙은 화살이 날아가 산성 입구에 불이 붙었다.

불을 내뿜는 짐승이라니! 큰소리치던 우해왕은 사자에

놀라 숨어버렸다. 우산국 군사들은 대항할 의지도 보이지 않고 작은 산성으로 몸을 숨겼다.

"우산국에 내려라!"

신라군이 배에서 내려 우산국 땅을 밟았다. 군사들은 활을 겨누고 성 앞을 에워쌌다. 우산국 군사들이 활을 쏘며 저항하였다. 그러나 사자들이 다가오자 그들은 곧 겁에 질렸고, 이사부가 호각을 불자 다들 도망쳐 버렸다.

"크아앙!" 하는 사자 소리가 우산국을 흔들었다.

전선마다 싣고 있는 사자는, 땅에 내리는 대로 우산국을 초토화할 만큼 크고 무서운 짐승으로 보였다.

"사자를 풀어놓기 전에 우해왕은 항복하라!"

사자의 입에서 날아간 유황불에 산성이 불타기 시작했다.

그때, 산성 위에 우해왕이 나타났다.

"항복하겠소!"

우해왕이 외쳤다.

"나 우해왕은 신라 장군 이사부에게 항복하겠소. 사자를 거두어 주시오!"

우해왕은 머리에 쓴 투구를 벗어놓고 이사부를 향해 절을 하였다.

7. 동해왕 이사부

『삼국사기』와 『삼국유사』에도 이사부가 나무로 사자를 만들어 우산국을 정벌하였다는 기록이 나온다.

지증왕 13년(서기 512) 임진에 이사부가 아슬라주(阿瑟羅州)의 군주가 되어 우산국(于山國, 울릉도)을 병합하려고 계획하였다. 그는 그 나라 사람들이 미련하고 사나워서 위세로 항복을 받기는 어려우니 꾀로써 항복시키는 것이 좋겠다고 생각하였다. 이에 나무로 사자의 형상을 많이 만들어 전함에 나누어 싣고 그 나라 해안으로 가서는 거짓말로 속였다.

"너희가 만일 항복하지 않는다면 이 맹수들을 풀어서 밟혀 죽도록 하겠다."

우산국 사람들이 두려워하여 즉시 항복하였다.

『삼국사기』 열전

『삼국유사』는 이사부를 박이종으로 기록하고 있다.

아슬라주(阿瑟羅州)의 동쪽 바다 가운데에 이틀 걸리는 거리에 우릉도가 있다. 둘레가 2만 6천7백30보다. 이 섬의 오랑캐들은 그 물이 깊은 것을 믿고 몹시 교만하여 조공하지 않았다. 왕이 이찬(伊飡) 박이종을 시켜 군사를 거느리고 가서 이를 토벌하게 하였다. 이종은 나무로 사자를 만들어 큰 배 위에 싣고 위협하여 말하기를, "만일 항복하지 않으면 이 짐승을 풀어놓겠다."라고 하였다. 섬의 오랑캐들은 두려워서 항복하여, 이에 이종을 포상하여 그 주백(州伯)으로 삼았다고 한다.

『삼국유사』 권1 기이(紀異)1 지철로왕

그런데 두 책에서, 이사부가 우산국을 정벌할 때는 실직의 군주가 아닌 아슬라의 군주였다고 나와 있다.

아슬라는 본래 예국(濊國)의 고도(古都)로, 고구려 때는 하서량 또는 하슬라로 불렀다. 또한 이사부가 실직군주로 있을 때만 하더라도 아슬라는 고구려 땅이었다. 512에 신라가 아슬라를 고구려로부터 빼앗았고, 지증왕은 주(州)를 실직에서 아슬라로 옮겼으며 이사부를 아슬라 군주로 삼았다. 실직은 군사적 요충지로 삼고 아슬라를 행정의 중심지로 삼은 것이다.

다만,『삼국사기』에는 이사부가 아슬라(하슬라)의 군주가 된 후에 우산국을 정벌했고,『삼국유사』에는 우산국을 정벌한 대가로 아슬라의 주백으로 삼았다고 되어 있다. 언제 아슬라의 군주가 되었는지에 대한 기록에 차이가 있는 것이다.

이 차이로 인해, 이사부가 우산국을 정벌할 때 출항한 곳이 삼척인지 강릉인지에 대해 의견이 나뉘기도 하였다. 아슬라의 군주이니 이사부가 삼척이 아닌 강릉에서 출항하였을 것이라는 주장도 있다. 이것은 당시에 실직과 아슬라가 어떤 역할을 하는 곳이었는지를 살펴보면 어디서 출항했을지 짐작할 수 있다.

512년에 군주가 된 후 아슬라에서 전선을 건조하고 우산국을 칠 준비를 했다고 보는 데는 무리가 있다. 우산국을 치기 전에 전선을 건조하고 수군을 정비해야 하니, 삼척에서 오랫동안 그 작업을 진행했을 것이다. 그러므로 이사부의 출항지는 강릉보다는 삼척이라는 주장에 무게가 실린다. 또한 지리적으로 볼 때 울릉도가 있는 동쪽으로 곧게 항해할 수 있는 곳은 삼척이다. 당시에는 항해술이 발달하지 않았기 때문에 신라의 전선은 '정방향 항해술'을 썼을 것이다. 익숙하지 않은 바닷길을 사선 방향으로 항해하다가는 목표 지점을 놓치기 쉽다. 그러므로 정동쪽에 있는 울릉도를 목표로 삼아 항해하자면 그 출항지로 삼척이 적합하다.

이사부가 우산국을 정벌하였을 때 그의 나이는 20대 후반이었다. 패기 넘치는 젊은 군주는 신라 영토 밖의 소국이었던 실직과 하슬라를 잘 다스려 신라의 군사 요충지로 만들었다. 이사부는 아슬라의 군주가 된 이후에도 실직을 함께 다스렸을 것이다. 실직군주로 있을 때 그 남쪽인 울진을 함께 다스렸다고 한다. 그러므로 이사부는 실직과 아슬라의 군주로 있으면서 오랫동안 동해 지역을 다스렸다. 20대 초반에 실직에 온 이사부는 40대의 나이가 될 때까지 동해에 있었던 것으로 보인다.

이사부의 우산국 정벌은 오늘날에도 큰 의의가 있다. 우산국에는 독섬(독도)도 포함되어 있다. 512년 우산국을 복속시킴으로써 신라시대부터 독도가 우리나라 땅이었다는 명백한 근거를 확보하였다. 그러므로 이사부가 천오백 년 전에 동해를 장악한 것은 현재까지도 동북아의 역사에서 중요한 의의가 있다.

우산국 정벌 이후로 오랫동안 문헌에서 이사부의 흔적을 찾아보기 어렵다. 『삼국사기』와 『삼국유사』에서 법흥왕 시기에는 이사부에 대한 기록을 찾기 어렵고 진흥왕 시기에 다시 등장한다. 『일본서기』에는 528년 이사부가 왜장 오미노 케누를 물리쳤다는 기록이 나온다.

이사부는 505년에 실직군주가 된 이후 이십 년이 넘는 세월 동안 실직과 아슬라의 군주로 있으면서 동해를 지켰다. 여기서 권력에 대한 그의 가치관과 품성을 엿볼 수 있다.

그는 목우사자를 만들어 우산국을 칠 만큼 지혜로운 장수였다.

우리나라에 사자라는 존재가 알려진 것은 불교가 유입된 이후다. 서역에서는 불법 도량을 수호하는데 사자상을 세웠다. 돌계단 앞에 사자상을 놓거나 석탑 아래에 앞들을 들고 뒷발로 서 있는 모습으로 형상화하기도 하였다. 신라가 불교를 공인한 것은 이차돈의 순교 이후지만, 이미 그 전부터 불교는 민심 속에 있었고, 이사부도 서역의 문물을 통해 사자를 알고 있었다. 그러나 먼 섬나라인 우산국 사람들은 사자를 알지 못했다. 그러므로 이사부가 사자를 선택한 이유는 두 가지로 볼 수 있다. 하나는 사자를 본 적 없는 우해왕과 우산국 백성에게 용맹한 사자를 보여줌으로써 그들을 위협하여 항복을 받아내는 것이다. 또한 부처님을 수호하고 나쁜 일을 막아주는 동물인 사자가 이사부의 전선을 지켜주는 수호신 역할을 해주기를 바랐다.

또한 이사부는 백성을 위해 왜군을 섬멸할 뜻을 품은

진취적인 지도자였다.

신라는 그토록 오랜 세월 왜군의 침입을 받았지만, 전선을 만들고 수군을 키울 생각은 하지 못했다. 고구려와 백제를 막기에 급급한 신라로서는 배와 수군에 신경을 쓸 여력이 없었던 것이다. 이것은 눈앞에 적을 막기에 급급해서는 해낼 수 없는 일이다. 이사부는 수년 동안 계획을 세워 그 일을 추진하였으니, 이는 미래를 내다보는 안목과 실천 의지가 있어야 가능하다. 그는 신라 최고의 왕족으로 월성에서 권력을 잡을 수 있었으나 변방에서 오랜 세월을 보냈다. 그의 인생에서 청춘의 시절을 동해에서 보내며 신라의 역사를 해상으로 넓혀 놓았다. 그 결과 왜군을 물리쳐 동해를 지키고, 동해를 통해 장차 해상으로 뻗어나갈 신라의 기틀을 마련한 것이다.

그래서 그는 동해왕 이사부로도 불린다.

삼척에서는 지금도 해마다 동해왕 이사부 축제가 열린다. 삼척의 해안에는 이사부길이 있으며, 이사부 출항지로 추정되는 곳도 있다. 여러 모양의 사자상이 있는 이사부 사자 공원도 있다.

또한 울릉도에 가면 사자바위와 투구바위가 있다. 이사부가 신고 온 목우사자 하나를 우산국에 두고 왔는데 그 목우사자가 사자바위가 되었다고 한다. 우해왕이 이사부에게 항복하며 벗어 던진 투구가 투구바위가 되었다는 전설도 남아 있다.

8. 이차돈의 순교

　이사부가 동해를 지키고 있을 때 서라벌에서는 지증왕
(智證王, 재위 500~514)이 죽고 그의 아들인 법흥왕(法興
王, 재위 514~540)이 왕위에 올랐다. 또한 신라 역사에 한
획을 그은 '이차돈의 순교'가 있었다.

　이차돈의 아버지는 이사부의 이복형제다. 그러므로 이
차돈은 이사부의 조카가 된다. 법흥왕은 귀족을 견제하
고 왕권을 강화하기 위한 방안으로 불교를 내세우려 하였
으나 귀족들의 거센 반대에 부딪혔다.

　『삼국사기』와 『삼국유사』에 따르면 이차돈은 스스로 목
숨을 버릴 각오를 하고 왕에게 고했다.

법흥왕 15년(528년)에 불법(佛法)이 비로소 유행하였다. 이때에 이르러 왕 역시 불교를 일으키고자 하였으나, 여러 신하가 믿지 않고 이러쿵저러쿵하며 불평을 늘어놓았으므로 왕이 난감해하였다. 가까운 신하인 이차돈(異次頓)이 아뢰었다.

"바라건대 저의 목을 베어 뭇 사람의 논의를 진정시키십시오."

왕이 말하였다.

"본래 도(道)를 일으키고자 하는 것인데, 죄 없는 너를 죽이는 것은 옳지 않다."

라고 하였다. 이차돈이 대답하였다.

"만약 도(道)가 행해질 수 있다면, 신은 비록 죽어도 여한이 없습니다."

이에 왕이 여러 신하를 불러들여 불교를 일으키고자 물으니 모두 말하였다.

"지금 중들을 보니 박박 깎은 머리에 이상한 옷을 입고, 말하는 논리가 기이하고 괴상하여 떳떳한 도리가 아닙니다. 만약 이를 그대로 놓아둔다면 후회가 있을까 두렵습니다. 신들은 비록 중죄를 받더라도 감히 명을 받들지 못하겠습니다."

이차돈이 홀로 말하였다.

"지금 여러 신하의 말은 잘못된 것입니다. 무릇 비상한 사람이 있은 연후에야 비상한 일이 있을 수 있습니다. 지금 듣건대 불교가 심오하다고 하니, 아마도 믿지 않을 수 없을 것입니다."

왕이 말하였다.

"신하들의 말이 견고하여 이를 깨뜨릴 수 없다. 너만 홀로 다른 말을 하니, 양쪽을 다 따를 수는 없다."

마침내 관리가 장차 이차돈의 목을 베려고 하니, 이차돈이 죽음에 임하여 말하였다.

"나는 불법(佛法)을 위하여 형장(刑場)에 나아가는 것이니, 부처님께서 만약 신통력이 있으시다면 내가 죽은 뒤에 반드시 이상한 일이 일어날 것이다."

목을 베자, 잘린 곳에서 피가 솟구쳤는데 그 빛깔이 우유처럼 희었다. 사람들이 이를 괴이하게 여겨 다시는 불교에서 행하는 일에 대해 헐뜯지 않았다.

『삼국사기』「신라본기」법흥왕

『삼국사기』는 이차돈이 죽은 날을 528년 음력 8월 5일로 기록하고,『삼국유사』에서는 527년(법흥왕 14년)의 같은 날짜이며 당시 그의 나이가 22세였다고 한다.

법흥왕은 왜 그토록 불교를 공인하려 하였는가?

신라의 귀족은 박혁거세 신화와 김알지 신화 등에 바탕을 두고 조상신을 숭배하며, 자신들은 하늘의 후손이라 생각하는 선민 사상을 갖고 있었다. 이러한 사상은 왕이 백성을 아우르고 소국들을 통합하는 데에는 걸림돌이 되었다. 지증왕이 처음으로 장자 세습을 원칙으로 하여 그 아들 법흥왕이 왕위에 오르기는 하였으나 아직 왕권은 미약하였다. 왕에게는 백성을 통합하고 귀족들을 견제할 정치 사상이 필요했고 불교만이 그 철학적 기반이 될 수 있었다.

이차돈의 관직은 사인이었는데 이는 지금으로 말하자면 왕의 비서와 같은 직책이었다. 그는 왕족이었으나 이미 불교에 깊이 심취하였다. 불교에 빠진 왕족이 있다는 것은, 나라에서는 금하고 있으나 백성들 사이에서는 부처님을 따르는 자가 많았다는 것을 방증한다. 기록에서도 이차돈 이전에 승려 묵호자와 아도에 대한 서술 내용이 있으니, 신라의 백성들에겐 이미 불교가 퍼져 있었다.

이십 대 초반의 나이에 목숨을 버릴 각오를 할 수 있을 만큼 이차돈의 종교적 신념은 절대적이고, 나라와 백성을 생각하는 사상 역시 심오하였다. 그러나 귀족들을 설득한 것은 그의 절대적 신념이나 심오한 철학이 아니었다. 그의 목을 치자 붉은 피 대신 하얀 피가 솟구쳤고, 이것을 본 귀족들이 놀라 불교를 공인하게 되었다.

『해동고승전』에는 순교할 당시 이차돈의 나이가 26세로 나온다. 이차돈은 왕의 명령으로 절을 짓는다 하며 천경림 숲의 나무를 마구 베었다. 천경림은 신라 귀족들이 조상에게 제사를 지내는 신성한 숲이었다. 이곳의 나무를 베니 귀족들이 모두 왕에게 가 이차돈을 참수하라 하였다. 이차돈은 처형되기 전에 "내가 죽으면 이적이 있을 것이니 그러면 불교를 공인하라."라고 하였다. 과연 그의 목을 치자 흰 피가 솟아나고 꽃비가 내리고 땅이 요동쳤다. 많은 사람이 놀라 불교를 공인하게 되었다고 한다.

〈이차돈 순교비〉에도 "목을 벴을 때 목 가운데 흰 젖이 한 장이나 솟구치니, 이때 하늘에서는 꽃비가 내리고 땅이 흔들렸다"라고 기록되어 있다.

이 '하얀 피', '흰 젖'은 과연 무엇이었을까?

이차돈이 언급한 부처님의 신통력이었을 수 있다. 불경 『능엄경』의 유가수련증험설에 따르면 수행자의 수련 단계를 5단계로 나누어 설명하는데, 그중의 세 번째 단계인 아나함의 경지에 오르면 붉은 피가 하얀 기름으로 변한다고 한다. 이차돈이 이 단계에 이르러 흰 피가 솟구쳤을 수도 있다. 기독교에서도 이와 비슷한 사례가 있는데 기독교가 로마제국의 탄압을 받고 있을 때, 카타리나 성녀가 참수당하였는데 이때 잘린 목에서 피 대신 우유가 솟구쳤다는 기록이 있다.

혹은, 흰 피가 솟구쳤다는 것을 정설로 보긴 어렵고 불교가 국교가 된 이후 그가 순교할 때 기적이 일어났다고 성스럽게 기록한 것이라는 견해도 있다.

신라는 이차돈의 순교 이후 불교 국가로 탈바꿈하게 된다. 법흥왕은 왕위에서 물러난 이후에 스스로 절에 들어가 승복을 입었으며, 진흥왕 역시 말년에는 머리를 깎고 승복을 입었다.

　법흥왕은 불교를 통해 귀족 세력을 통합하고 왕권을 강화하였으며, 여러 차례 실패하였던 병부의 설립에 성공하게 된다. 백성은 부처님을 향한 기원으로 위로를 받았고, 왕은 누구나 중이 될 수 있게 하였다. 법흥왕은 부처를 모시는 사람답게 불필요한 사냥과 살생을 국법으로 금하였다. 또한 전보다 강력해진 왕권을 바탕으로 신라는 주변의 가야국들을 제압하기 시작했다.

　동해에 있던 이사부가 서라벌로 불려 온 시기도 바로 이때다.

9. 해상에서 왜를 치다

　법흥왕은 이사부를 월성으로 불러들였다. 왕은 이사부에게 월성에 머물러 병부령이 되어줄 것을 간곡히 청했다. 이사부가 거듭 사양하자, 왕은 새로운 명을 내렸다.

　"그대가 우산국을 복속시킨 후로 왜가 침입하지 않았소. 그러나 가야국들은 왜와 긴밀히 통하고 있으니, 가야국을 쇠퇴시키기 위하여 왜와의 무역을 끊게 해야겠소. 가락국(금관가야)과 안라국(아라가야)과 무역하는 왜인들을 모두 치시오!"

　신라는 지증왕 때부터 가락국과의 친교를 두터이 하면서 가야국들이 약해진 틈을 타서 연맹을 무너뜨리려 하고 있었다. 법흥왕은 힘이 쇠퇴한 안라국과 가락국을 흡수하기 위해 왜와의 무역을 차단하라는 것이었다.

"무역선을 치라는 명입니까?"

이사부는 비록 왜인이라 하나 무역을 하러 가는 무고한 이들의 배를 치는 것이 마음에 걸렸다.

"무역하던 왜인들이 우리에게 활을 겨누면 그들은 해적이오. 그대도 왜의 장군인 오미노 케누에 대해 들어보았을 것이오. 그가 수만의 군사를 이끌고 가야로 올 것이란 소문이 돌고 있소."

'오미노 케누!'

이사부도 그에 대해서는 백제와 가야와 교류하는 이들에게서 들은 바가 있었다.

그는 왜에서 권력을 가진 자로 백제와 가야국들 사이에서 명성을 떨치고 있었다. 최근 들어 신라가 가야를 압박하는 상황을 백제와 가락국은 불안하게 바라보았다. 이를 잘 아는 오미노 케누는 신라가 가야를 위협하면 신라를 치겠다고 호언한다 하였다.

"오미노 케누가 군사를 이끌고 오기 전에 미리 그를 치라는 것이오!"

이사부는 심중의 대답을 억누르고 남당에서 물러났다. 전의가 없는 무역선을 치는 것은 비겁한 행위 같았다. 오래 상념에 잠긴 이사부는 문득 생각했다.

　'비겁함은 두려움의 다른 얼굴과 같다!'

　두려움에 굴복하면 비겁해지고, 두려움을 감추는 자는 용감하다. 그러므로 두려움이 없어야 비로소 분별할 수 있다. 두려움이 없는 자!

　이사부는 이차돈을 떠올렸다.

　'이차돈이야말로 두려움을 없애고 깨달음에 이르렀구나!'

　그러나 신라는 지금 두려워하고 있다. 고구려와 백제에 비해 힘이 미약하니, 두려움을 없애기 위해 신라는 가야국들을 정복하려는 것이다.

　이사부는 동해왕으로 지내던 생활과 전장을 누비는 삶에 대해 생각했다.

　'나는 배와 수군을 만들어 신라의 방패가 되고자 했다. 이제는 신라의 창과 칼이 되어야 하는가?'

　불혹이 넘은 나이, 미혹하지 않는 장수의 길을 다시 시작해야 함을 깨달았다. 방패에 비하여 칼은 자칫 힘을 만들기 마련이고 잘못된 길을 갈 위험도 크다. 장수로서의 올바른 길을 가기 위해서는 어리석음도 현명함도 없이 오직 침묵할 것. 침묵으로 칼을 가는 일이 그의 앞에 놓여 있었다.

이사부는 오미노 케누를 치기 위해 그의 움직임을 살폈다. 남쪽 바다에서 해상전을 치를 준비를 해야 했다. 이사부는 실직의 장인 몇 명을 서라벌로 데리고 와 전선을 보수하고 수군을 증강하였다.

오미노 케누가 안라국과 만나기 위해 가락국으로 들어온다는 정보를 받았다. 이사부는 다다라(多多羅)(부산 다대포)를 기지로 삼아 군사작전에 들어갔다.

"저들이 웅천으로 들어와 안라국과 접선하는데, 탁기탄국(지금의 양산 혹은 진영 일대로 추정)을 회복할 방안을 강구한다 하였습니다."

가락국에 심어놓은 자들이 긴밀히 소식을 전해주었다. 탁기탄은 가야 소국으로 세력이 기울어 신라에 곧 병합되기로 하였다. 그러자 안라국이 왜의 힘을 빌어 탁기탄을 먼저 치려는 것이었다.

이사부는 오미노 케누의 배가 들어오는 날을 정확히 파악하여 웅천으로 가 진을 쳤다.

이른 새벽, 밀물을 타고 오미노 케누의 왜선들이 대거 나타났다. 그들은 예상한 대로 가락국의 해안 쪽으로 향하고 있었다.

"북을 울려라!"

신라의 전선이 왜선을 향해 빠르게 나아가며 엄포용 화살을 날렸다.

"오미노 케누는 썩 나서라!"

부하 장수가 호령하자 늘어선 왜선들 사이에서 대장선이 모습을 드러냈다.

"안라국으로 가는 무역선이니 신라군은 길을 비켜라!"

왜선에서 우리말로 소리를 쳤다. 머리부터 허벅지까지 오는 갑옷을 입은 장수들 뒤에 긴 칼을 잡고 선 자가 눈에 들어왔다. 그가 오미노 케누임이 분명했다. 이사부는 활을 들어 왜의 대장선을 겨누었다.

"탁!"

화살이 오미노 케누의 발 앞에 꽂혔다. 왜선에서 당황한 움직임과 함께 일제히 활을 들어 공격할 자세를 취했다.

"이곳은 신라의 바다이니 왜선은 들어오지 못한다! 물러나지 않으면 공격하겠다!"

적들이 허둥지둥하며 공격 태세를 갖추기 전에 선제공격을 하였다.

"공격하라! 신라의 바다에 왜선을 들이지 마라!"

방패를 세운 배들이 앞쪽에 나서서 왜선을 향해 빠르게 다가갔다. 왜선에서 화살이 날아왔으나 저들은 곧 포기하고 도망가기에 바빴다. 이사부는 도망치는 적선을 따라붙어 선체로 밀어붙였다. 왜선들이 부서지고 물에 떨어지는 이가 부지기수였다.

"적들이 도망갑니다! 대마도 방향입니다!"

수군은 화살이 닿는 곳까지 따라가 적을 공격하였다. 이사부는 오미노 케누와의 첫 전투에서 통쾌한 승리를 거두었다.

왜의 힘을 빌어 탁기탄을 먼저 치려던 안라국의 계획은

수포로 돌아갔다.

　이듬해 오미노 케누가 다시 왜선을 이끌고 접근해 왔다.

　"오미노 케누가 백제와 만나기 위해 가락국 앞바다로 향하고 있습니다!"

　이사부는 가락국 앞의 바다로 전선을 이끌고 나갔다. 오미노 케누의 배가 지나는 길을 파악한 뒤, 왜선이 지나는 근처의 작은 섬에 배를 숨겼다. 오미노 케누의 전선이 밀물을 타고 와 섬 근처를 지나갔다. 이사부는 물살을 이용하여 공격할 요량으로 왜선의 뒤쪽으로 다가갔다.

　"이 배는 백제로 가는 무역선이니 길을 방해하지 마라!"

왜선에는 가락국과 안라국, 백제의 깃발이 꽂혀 있었다.

　"너희가 무역선으로 가장하여 가야와 백제를 염탐하여 신라를 위협하니, 결코 보내줄 수 없다. 물러나지 않으면 공격하겠다!"

　오미노 케누는 이번에는 물러설 수 없다는 듯 전투 태세를 갖추었다. 그러나 바람이 서쪽으로 몰려가며 파도가 거세게 일었다. 신라군은 물살을 타고 적을 재빨리 공격하였지만 바람과 물을 거슬러야 하는 왜선은 빠르게 대응할 수 없었다. 이사부의 유인책에 걸려든 왜선은 제대로 공격도 해보지 못하고 도망치기 시작했다.

"한 척도 그냥 보내지 마라!"

신라의 전선은 맹렬히 추격하여 적선을 침몰시켰다. 이사부는 왜의 대장선을 공격하며 오미노 케누를 찾았다. 대장선에 숨어 있던 오미노 케누가 후퇴를 지휘하기 위해 모습을 드러냈다. 이사부는 그를 겨냥하여 화살을 날렸다. 칼을 쳐들었던 오미노 케누가 앞으로 푹 쓰러졌다. 살아남은 왜군은 대마도로 도망쳤는데, 오미노 케누는 대마도에서 사망하였다.

오미노 케누의 사망 소식을 들은 법흥왕은 크게 기뻐하였다. 이사부의 전선은 가락국 앞바다까지를 오가며 왜의 무역선을 차단하였다.

10. 탁기탄을 복속시키다

탁기탄(지금의 양산, 진영 일대로 추정)을 치려다 이사부에게 저지당한 후에도 안라국(아라가야)은 탁기탄을 차지할 기회를 엿보고 있었다. 이를 파악한 이사부가 법흥왕에게 권하였다.

"폐하, 안라국이 필시 탁기탄을 다시 노릴 것입니다. 저들이 탁기탄을 치기 전에 먼저 탁기탄을 복속시켜야 합니다."

법흥왕 역시 같은 생각이었다. 다만, 왕은 가락국(금관가야)을 복속시킬 궁리를 하고 있었다. 왕은 이미 가락국의 구형왕에게 신라에 복속될 것을 권한 터였다.

"가락국에 나의 뜻을 전하였으니 이 기회를 노려 가락

국을 먼저 복속시키는 것이 낫겠소? 아니면 탁기탄을 먼저 복속시켜야 하겠소?"

"탁기탄이 먼저입니다. 안라국은 가야연합국인 가락국을 쉽게 칠 생각은 하지 못합니다. 안라국은 가락국을 도모하려면 필시 백제의 힘을 얻으려 할 것이니 섣불리 덤비지 못합니다. 그에 비해 탁기탄은 소국이니 안라국은 탁기탄을 쉽게 얻을 수 있다 생각할 겁니다."

탁기탄은 지리적으로 대가야와 안라국, 신라의 경계 지역에 있었다. 비록 작은 나라이나 지리적 위치 때문에 안라국과 백제가 노리는 땅이었다.

몇 년 전 대가야와 신라가 결혼동맹을 맺고자 하였으나, 탁기탄은 대가야가 가야동맹을 깨고 신라와 친해지려 한다고 반발하였다. 이로 인해 결혼동맹은 깨지고 말았다. 이것을 계기로 신라는 탁기탄의 국경을 몇 번 침범하여 위협하는 한편, 탁기탄 국왕에게 신라에 복속될 것을 권하고 있었다.

"신이 폐하를 모시고 탁기탄의 국경으로 가겠습니다. 그때 폐하께서 탁기탄 왕에게 친서를 보내시어 신라군이 탁기탄을 공격할 것이라 하십시오. 저들은 차마 맞서 싸우지 못하고 항복할 것입니다."

"내가 친히 가야 한단 말이오?"

"신의 소견으로는, 탁기탄 왕에게 스스로 굴복할 기회를 주는 것입니다. 만약 제가 군대를 이끌고 들어가면 분명 큰 전투가 난 후에야 저들이 항복할 것입니다. 탁기탄 백성이 곧 신라인이 될 것이니, 불필요한 피를 흘릴 이유가 없지 않겠습니까?"

법흥왕은 고개를 끄덕였다.

"그대의 뜻이 현명하오."

이사부는 군사를 이끌고 탁기탄으로 향했다. 국경에 닿아서야 법흥왕은 탁기탄의 왕에게 전령을 보냈다.

-백성의 목숨이 아까우면 속히 신라에 항복하라. 탁기탄을 신라의 군으로 삼아 탁기탄 왕이 다스리게 하겠노라-

이사부는 군사들에게 북을 울리게 하고 깃발을 높이 들고 전진하였다. 왕을 모신 마차는 화려하였으며 풍악을 울리며 나아갔다. 진군하는 군대는 이미 승전보를 알리려는 듯한 기세였다. 아무도 이사부 군대의 앞을 막아설 엄두를 내지 못하였다. 탁기탄의 성이 저만치 보였다.

"장군, 성 주변에 군사들이 대기하고 있습니다."

이사부는 비록 적들이지만 많은 목숨을 거두고 싶지 않았다.

"기마병을 횡으로 세우라."

언덕에 기마병이 가로로 줄지어 늘어서니, 성에서 볼 때는 신라의 기마병이 성을 에워쌀 만큼 많아 보였다.

탁기탄의 보병이 일제히 창을 들고 달려왔다. 기마병이 달려 나가 단숨에 보병을 해치웠다. 성으로 도망가는 보병의 뒤를 치지 않고 내버려 두었다. 탁기탄에서는 언덕을 에워싼 신라의 기마병의 수가 얼마나 되는지 짐작하기 어려웠다.

한참 만에 성문이 열리고 백기를 든 장수가 말을 달려 나왔다. 그리고 그 뒤로 탁기탄의 왕 함파한기가 보였다. 함파한기가 신라 진영으로 와 말에서 내렸다. 이사부가 말에서 내려 함파한기에게 예를 갖추었다.

"신라 장군 이사부, 신라의 대왕을 모시고 왔습니다."

탁기탄의 왕은 법흥왕이 탄 마차 앞으로 가 허리를 숙였다. 그제야 법흥왕도 마차에서 내려 함파한기의 절을 받았다.

탁기탄은 가야 소국 중에서 이사부가 처음으로 신라에 복속시킨 나라다. 탁기탄은 비록 소국이나 안라국과 대가야, 백제가 모두 탐내는 나라였다. 탁기탄을 넘으면 동쪽으로는 신라, 남쪽으로는 가락국이 있으니 탁기탄은 지리적으로 중요한 위치에 있었다.

이사부가 탁기탄을 복속시키기 전에는 백제의 성왕(聖王, 재위 523~554)이 서쪽의 가야 소국을 하나씩 장악해 오고 있었다. 백제는 탁기탄도 복속시킬 계획에 있었으나 이사부가 한발 빨랐다.

『일본서기』에는, 훗날 544년 백제 성왕이 사비 회의에서,

"그때 함파한기가 내응하지만 않았어도 탁기탄이 신라에 넘어가지 않았을 텐데!"

하고 한탄한 것으로 서술되어 있다. 그만큼 중요한 지역이었던 탁기탄의 복속은 가야국들의 힘이 신라로 기울게 하는 계기가 되었다.

11. 금관가야를 복속시키다

　가락국(금관가야)은 전기 가야연맹을 주도한 강한 나라였다.

　가락국은 초기에 신라와 다섯 번의 전쟁을 치렀는데 단한 번도 패배하지 않았다. 철이 많이 나고 해상무역이 일찍이 발달하여 6가야 연맹국(금관가야, 아라가야, 소가야, 대가야, 성산가야, 고령가야) 중에서 문화도 가장 먼저 융성하였다.

　가락국은 철기군을 앞세워 백제, 왜와 힘을 합쳐 신라를 공격하였다. 400년, 신라는 서라벌까지 위태로워지자마침 백제를 견제하기 위해 남하해 있던 광개토대왕에게구원을 요청하였다. 그러자 고구려군 역시 철기군을 앞세워 서라벌을 침략하는 연합군을 물리쳤고 기세를 몰아 가락국까지 공격하였다. 가락국은 이때 큰 타격을 입어 국력이 쇠퇴하기 시작하였다. 그리하여 자연스럽게 가야 연맹의 수장 자리를 대가야에 내주게 되었다.

가락국은 점점 나라의 힘을 잃어 백제와 안라국(아라가야), 그리고 신라의 눈치를 보게 되었다. 안라국과 백제는 긴밀히 협력하며 신라를 견제하려 했고, 가락국은 지리적으로 신라와 백제 사이에서 국력이 더욱 기울었다. 신라의 법흥왕은 가락국의 구형왕에게 사신을 보내어 가락국을 병합하고자 하는 뜻을 보였다.

그러던 중 이사부가 해상에서 오미노 케누를 물리치고 가락국을 향해 다가오고 있었다. 이사부의 등장으로 가락국은 결국 역사의 마지막 순간을 맞게 된다.

신라가 탁기탄국을 복속시킨 뒤에도 백제와 안라국은 탁기탄을 되찾을 기회를 엿보고 있었다. 안라국은, 백제가 탁기탄을 공격하면 안라국이 지원병을 보내겠다고 하며 백제를 부추겼다. 결국 백제는 탁기탄을 치기 위해 출정하였다.

"백제가 탁기탄을 되찾기 위해 구례모라((지금의 칠원 부근) 쪽으로 진군하고 있다 합니다!"

이사부는 가락국(금관가야)의 해안에서 이 소식을 들었다. 서라벌에서 군사가 출정하는 것보다 이사부가 군사를 이끌고 구례모라로 가는 것이 더 빨랐다. 이사부는 서라벌에 출정한다는 소식을 전하고, 가락국의 왕에게도 전령을 보냈다. 가락국의 땅을 거쳐 구례모라로 가야 하니 허락을 얻고자 함이었다.

–백제가 신라의 땅인 탁기탄을 치러 온다 하니, 신라 장군 이사부가 출정하여 이를 막고자 합니다. 가락국을 경유하여 구례모라 성으로 가고자 하니 왕께서 윤허해 주시기 바랍니다.–

가락국의 구형왕은 가락국의 해안에서 위세를 떨치고 있는 이사부의 청을 거절할 수 없었다. 자칫하다가 이사부가 군대를 돌려 가락국을 친다면 속수무책으로 당할 수도 있었다.

이사부는 군사를 이끌고 가락국을 거쳐 구례모라 성에 닿았다. 서라벌에서 온 지원군과 합세하여 성 주변의 산 길에 매복을 깔았다.

신라군이 이미 성을 장악한 것을 모르는 백제군은 북을 울리며 진군해 왔다. 이사부는 백제군의 움직임을 살펴 보다가 적이 적절한 거리에 보이자 명을 내렸다.

"깃발을 올려라! 북을 쳐라!"

북소리와 함께 좌우의 언덕에 숨어 있던 신라군이 백 제군을 공격했다. 매복에 당한 백제군이 성 앞으로 나왔 을 때, 성 위에서 공격을 시작했다. 성을 장악한 신라군 에 맞서기엔 이미 전세가 기울어 백제군은 제대로 공격 하지 못하였다.

"탁기탄은 이미 신라의 영역이니, 백제군은 물러가라!"

결국 백제군은 대패하여 물러났다. 백제군을 지원하러 오던 안라국도 이사부가 성을 점령했다는 소식을 듣고 군 사를 돌리고 말았다.

이사부는 탁기탄에서 군사를 돌려 가락국으로 돌아왔 다.

"가락국이 길을 내어 주어 승리하였으니, 왕께서 신라를 도우신 것이나 마찬가지입니다."

구형왕이 친히 나와 이사부를 맞았다.

"승전을 축하드립니다. 장군의 명성만 들어도 왜군이 물러간다 하더니, 오늘의 대승을 보니 그 명성이 무엇인지 알겠습니다."

구형왕은 굳이 신라 장수들을 불러 술을 대접하고 이사부를 독대하였다. 그 자리에는 구형왕의 아들인 김무력도 함께 있었다. 이사부를 기쁘게 맞는 구형왕과 달리 십대의 어린 김무력의 얼굴엔 서글픈 빛이 엿보였다. 망한 나라의 왕자로 신라의 장군을 맞는 자리가 젊은 그로서는 비굴하게 느껴질 것이었다.

이사부가 먼저 술병을 들었다.

"왕자님이 술을 드실 줄 아시오?"

잔을 받는 김무력에게 이사부가 말했다.

"가락국은 역사가 깊고 문물이 발달한 나라이니, 앞으로 가야의 인재들이 신라를 잘 이끌어 주시오."

김무력이 눈을 들어 이사부를 보았다. 분노와 열망을

숨길 수밖에 없는 왕자의 표정은 비장하였다. 이제부터 본격적으로 시작할 가야국들의 복속과 백제와의 전투에 김무력이 큰 역할을 하게 될 것임을 이사부는 운명적으로 느꼈다.

구형왕은 왕자를 내보낸 뒤에 조용히 말했다.

"신라의 대왕께서 가락국을 병합하고자 하는 뜻을 전하셨소."

이사부는 고개를 숙이고 공손히 대답했다.

"폐하께서는 가락국과 왕족을 신라의 왕족과 같이 대우하고, 가락국의 영토는 가락국의 귀족들이 그대로 다스리게 할 것이라 하셨습니다."

구형왕의 낯빛에 수심이 깊어졌다.

"가야의 왕족 중에, 신라에 붙는 것은 반역이라 하여 반대하는 세력이 있소. 명분이 필요하오."

이사부는 구형왕의 처지를 이해했다. 일국의 왕으로서 신라에 복속되길 바라는 것도 스스로 비굴한데, 왕족들이 반대하니 두려운 것이었다. 자칫하다가는 가락국 내에서 반란이 일어날 수도 있었다.

"또한, 힘없는 왕으로 인해 백성이 피를 흘리는 것도 원하지 않소."

이사부는 구형왕의 그 말을 오랫동안 생각하였다. 가야 왕족들이 납득할 수 있는 명분을 마련하는 한편, 백성들이 피 흘리지 않고 가락국을 취하는 방법을 강구해야 했다.

이듬해인 532년, 이사부는 군사를 이끌고 황산강(낙동강)을 건너 가락국으로 들어섰다. 가락국의 북쪽 산성을 에워싼 후 어둠을 틈타 성안에 숨어들었다. 성을 지키는 장수들을 붙잡으니 성 안의 몇 안 되는 군사들은 무기를 내려놓을 수밖에 없었다. 장수들은 가야의 왕족이었다.

신라군이 성을 점령하고 신라의 깃발을 꽂은 후에, 법흥왕이 마차를 타고 군사의 호위를 받으며 국경을 건넜다.

이사부는 가락국의 장수들을 무장 해제시킨 후 이렇게 말했다.

"신라가 가락국을 복속시키러 왔으니, 그대들은 경거망

동하지 말기 바라오. 이미 이 성은 신라군이 에워쌌고, 곧 신라의 대왕께서 친히 납실 것이오. 또한 가락국의 구형 왕도 오실 것이오."

법흥왕은 구형왕에게 급보를 보냈다.

-가락국의 북성을 신라가 차지하였으니 성안의 왕족과 군사들의 목숨을 구하고 싶으면 구형왕은 투항하기 바라 오.-

인질로 잡힌 왕족과 성을 회복하기 위해 신라에 굴복한 다는 명분을 구형왕에게 주기 위함이었다.

구형왕은 대신들과 함께 이 일을 의논했다.

"오백 년 역사의 가락국이 이렇게 무너질 수는 없습니 다. 백제와 안라국에 지원군을 요청하여야 합니다."

노신들이 말했다. 그러나 구형왕의 셋째 아들인 김무력 이 비통하게 말했다.

"지원군이 오기 전에 저들이 이곳을 함락할 것입니다. 신라에 항복하는 것이 낫습니다."

젊은 신하들이 현실적인 김무력의 의견에 동의했다.

결국 가락국의 구형왕은 왕족들을 이끌고 북성 앞으로

왔다. 이사부가 나가서 그들을 맞아 성 안으로 들였다.

법흥왕과 구형왕이 마주 보았다.

"부덕한 구형왕이 신라의 대왕에게 투항하니 가야 왕족과 백성의 목숨을 보전해 주시오."

구형왕과 왕자들이 일제히 법흥왕 앞에 꿇어앉았다. 가락국의 오백 년 역사가 막을 내리는 순간이었다. 김무력(김유신의 할아버지)을 비롯한 가야 왕족들은 신라의 진골로 편입되었다.

12. 지소공주의 남편

이사부는 월성으로 돌아왔다.

왕은 이사부에게 선도의 교육을 맡게 하고, 이사부에게 병부의 수장이 되라 하였다. 병부령은 군부의 핵심으로 막강한 권력을 쥐는 자리였기에 이사부는 피하고 싶었다. 자신은 언제든 전장으로 달려 나가야 할 몸이라 생각했다.

그는 선도의 교육을 본격적으로 제도화하는 데에 정성을 들였다. 신라는 아직 공식적인 교육기관이 없었다. 선도는 귀족 자제들의 비공식적인 모임에서 발전하여, 유, 불, 선의 공부에도 매진하며 문무를 겸비하는 교육을 하고 있었다.

선도는 화랑의 전신으로 법흥왕 말기에 더욱 체계적인 제도로 거듭나야 할 단계에 있었다.

"신라의 모든 젊은이는 선도가 되고 싶어 합니다. 그런데 귀족 청년으로 그 자격을 제한하여 재능이 뛰어난 젊은이가 선도에 들지 못하고 있습니다."

이사부는 평민 자제도 선도에 들 수 있도록 왕에게 건의하였다.

그런데 왕에게는 선도보다 더 시급한 문제가 있었으니, 바로 태자를 세우는 일이었다.

법흥왕은 정부인인 보도왕후에게서 아들을 보지 못하고 딸을 하나 얻었는데 바로 지소공주였다. 왕은 첩에게서 아들을 두었는데 비대공이었다. 왕은 애첩의 자식인 비대공을 태자에 앉히려 하였으나, 지소는 자신의 아들을 태자로 삼아야 한다고 강력히 주장하였다.

"부모 모두가 왕족인 성골이 왕위에 올라야 왕권의 정통성이 바로 섭니다. 신라는 어머니의 신분이 세습되는 나라인데, 비대공은 귀족도 아닌 여인의 아들이니 태자의 자격이 없습니다. 제 아들 삼맥종만이 성골 왕자로 태자의 자격이 있습니다."

월성에서는 누구를 태자로 앉혀야 하느냐에 대해 대신들의 의견이 분분하였다. 왕은 이사부에게도 의견을 물었으나 이사부는 왕권의 다툼에 직접 관여하고 싶지 않았다. 그러나 왕권을 잡기 위해 이사부에게 꼭 필요한 사람이 있었으니, 바로 법흥왕의 딸인 지소공주였다.

지소는 법흥왕의 동생인 입종과 혼인하여 아들을 낳았다. 성골 혈통을 중시하는 왕가에서 왕손의 정통성을 잇기 위해 삼촌과 혼인한 것이다. 병약했던 입종은 삼맥종을 낳은 뒤 시름시름 앓다가 죽고 말았다.

왕은 지소에게 다른 남편감으로 영실 공을 권했다. 영실은 왕의 측근인 왕족이었으나 지소는 그가 마음에 들지 않았다. 기록에 의하면 왕의 명으로 영실과 혼인하였지만, 사이가 좋지 않아 헤어졌다고 한다.

지소는 삼맥종을 태자로 만들기 위해 대신들을 설득하여 왕의 고집을 꺾으려 하였으나 쉽지 않았다. 왕은 이미 나이가 들어 태자를 정하면 왕위를 내려놓고 절로 들어

가고자 하였다.

지소는 이사부를 찾아갔다.

"어릴 때부터 들었어요. 이사부 장군은 전장에 나아가 진 적이 없다고요. 그래서 폐하께선 이사부가 병부령이 되어야 나라의 병권에 힘이 실린다고 하셨어요. 그래서 저도 장군이 월성에 오시기를 기다렸습니다."

"소신을 그리 믿어주시니 고맙습니다."

지소는 표정이 밝아져 차를 마시고는 태자 이야기를 꺼 냈다.

"아버님껜 성골 혈통의 자식이 저밖에 없습니다. 비대 공은 귀족도 아닌 여인에게서 얻은 아들이니 어찌 왕자의 자격이 있겠습니까? 태자의 자리에 오를 이는 제 아들 삼 백종밖에 없습니다."

이사부는 말없이 듣고만 있었다.

"아버님께선 삼맥종이 태자로 삼기엔 너무 어리다고 하 십니다. 이사부께서 저와 제 아들의 방패가 되어 주십시 오."

이제 삼맥종의 나이가 일곱 살이니 왕의 처지에선 걱정

116

될 만도 하였다. 새 왕이 너무 어리면 왕권에 도전하는 자가 생길 수도 있었다. 이사부가 그래도 말이 없자 지소가 결심한 듯 말하였다.

"이미 왕족들은 모두 이 지소의 편입니다. 혈통을 중요하게 여기는 왕족이니 당연하지 않습니까? 만약 폐하께서 비대공을 태자에 앉힌다면, 제가 가만있지 않겠습니다."

"공주님!"

그제야 이사부가 지소를 똑바로 보았다. 지소의 눈에서 굵은 눈물이 떨어졌다.

"내가 아들로 태어났다면, 내가 태자가 되고 왕위를 이었겠지요. 아들로 태어나지 못한 것이 한이 됩니다. 그러니 더욱 비대공이 왕위에 오르는 것을 보고 있지 않을 겁니다."

지소가 이사부의 손을 덥석 잡았다. 작지만 힘 있는 손바닥, 부드럽고도 강한 손마디가 이사부의 마음을 얻고자 했다. 지소의 두 눈이 촉촉하게 젖어 들더니 굵은 눈물이 흐르고 말았다.

"공께서 정녕 왕권이 안정되길 바라신다면, 저를 도와주십시오."

월성의 안정과 왕권을 위하여 이사부는 자신이 나서야 함을 알았다.

얼마 후 법흥왕이 이사부를 찾았다.

"왕후가 이미 궁을 나가 절에서 생활하는데, 그 낯빛에 근심이 없고 편안하였소. 나도 태자를 정하면 일찌감치 왕위를 내려놓고 절로 들어가고자 하오."

왕은 이사부에게 누가 태자로 적당한지 물었다. 이사부는 왕에게 처음으로 단호하게 대답했다.

"왕권의 정당성과 그 자질을 살피건데, 삼맥종이 태자가 되는 것이 마땅한 줄 압니다."

"삼맥종은 너무 어리오. 왕이 어리고 연약하면 왕위를 위협하는 세력이 있기 마련이오."

"지소공주가 있지 않습니까? 삼맥종이 왕이 되면, 지소공주가 누구보다 현명하게 왕을 보필하여 강력한 왕권을 세울 것입니다. 또한, 감히 아뢰옵건데…."

이사부는 왕을 바라보고 목소리를 낮추어 진중하게 고

했다.

"삼맥종 아닌 다른 자가 왕위에 오르면, 지소공주가 그 권위를 흔들 것입니다. 성골 혈통을 중시하는 왕족이 모두 공주의 편에 설 테니, 왕위를 보전키 어려울 것입니다."

왕은 한참 동안 말이 없더니 무겁게 입을 열었다.

"삼맥종이 태자가 되면 그대가 병부령이 되어야 하오."

"신, 병부령이 되어 태자를 보호하겠나이다."

"삼맥종이 왕위에 오르면, 그대가 병권을 튼튼히 하여 왕의 곁을 지켜주어야 하오. 가야를 복속시키는 과업, 그대가 끝까지 왕을 도와 그 과업을 이루어 주시오."

"신 이사부, 목숨이 다하는 날까지 신이 할 수 있는 모든 일을 다 하겠나이다."

이사부의 대답이 마음에 드는 듯 왕은 낯빛이 밝아졌다.

그리고 법흥왕은 다음 왕을 위한 선물을 하나 더 준비하였다.

"또한 선도제도를 새롭게 할 명칭으로, 화랑(花郎)이라 하면 어떠하오?"

화랑!

"화랑, 참으로 적절합니다. 화랑의 우두머리를 위화랑으로 삼아 그 제도를 공고히 하소서!"

위화랑은 이사부와 함께 선도의 교육을 맡고 있었다. 그는 학식이 뛰어나고 무예도 출중하여 선도들이 그를 잘 따르며 우러러보았다. 또한 위화랑은 유난히 얼굴도 아름다워 궁의 많은 여인이 그를 흠모하였다.

법흥왕은 이사부의 뜻을 존중하여 삼맥종을 태자로 삼았다.

붉은 노을이 조각조각 떨어져 내리는 저녁 무렵, 지소가 이사부를 찾아왔다. 지소에게선 부드럽고 은근한 화장수의 향기가 감돌고 있었다.

"삼맥종을 태자로 올려주시어 감사합니다."

"폐하의 뜻이 그러하셨습니다."

"남들은 세상을 다 가진 공주라 하겠지만, 저는 혼인도 왕위를 위한 조건을 선택했어요."

지소가 눈을 내리깔더니 잠시 뜸을 들인 뒤 입을 열었다.

"하지만 제가 연모했던 사내는 당신입니다."

지소에게는 삼맥종을 받쳐 줄 강력한 힘을 가진 남편이 필요했다. 이사부는 자신을 연모한다는 지소의 마음속에는 아들의 왕위를 지키려는 의지가 있음을 간파했다. 그렇다 하더라도 이사부는 지소의 연모가 진심으로 와 닿았다.

"저의 남편이 되어 주세요. 삼맥종의 아버지가 되어 주세요."

이사부는 월성의 권력이 자신의 어깨 위에 내려오는 것을 느꼈다. 그것이 나라의 부름이라면 더는 피할 수 없었다.

540년, 법흥왕은 왕위에서 내려와 승복을 입고, 삼맥종[진흥왕(眞興王), 재위 540~576]이 왕위에 올랐다. 일곱 살의 어린 왕을 대신하여 지소태후가 섭정하였다. 이사부는 병부령이 되어 지소와 혼인하였다. 또한 화랑제도를 공고히 하여 위화랑을 화랑의 우두머리인 초대 풍월주로 삼았다.

『화랑세기』 등의 기록을 살펴보면 지소에 대해 과장하여 흥미롭게 서술한 면이 있다.

지소가 남편이 여럿이었다는 점을 들어 마치 남성 편력이 심했던 것처럼 표현한 글들이 있다. 그 남편들로 거론되는 이가 입종, 영실, 이사부, 거칠부인데, 네 명의 남편이 돌아가며 지소와 합방했다고도 한다. 그러나 이 네 남자가 월성에 들어가 활동한 시기가 각기 다르니, 이는 재미로 지어낸 이야기에 불과하다.

입종은 법흥왕의 동생이니, 지소의 숙부다. 지소는 성골 혈통을 유지하기 위해 입종과 결혼하여 삼맥종(진흥왕)을 낳았으나, 입종은 병약하여 일찍 죽었다. 그 후 법흥왕이 지소에게 영실과 혼인할 것을 명했다. 『화랑세기』에 따르면 영실과 지소는 사이가 나빠 결혼 생활을 오래하지 못하였다고 한다. 그리고 병부령인 이사부가 지소와 혼인하여 진흥왕의 든든한 배경이 되어 주었다. 이사부는 지소와 혼인할 당시 이미 50대였다. 그 나이까지 이사부가 혼인하지 않았을 리가 없지만, 그의 결혼과 자식에 대한 기록은 전혀 남아 있지 않다. 이사부는 지소와 결혼하여 진흥왕의 아버지로서 책임을 다하였다는 기록만 있을 뿐이다. 이사부 사후에 거칠부가 지소의 남자가 되었을 수도 있으나, 거칠부와 지소와 혼인하였다는 기록은 없다.

지소의 남자들에 대해 과장된 이야기가 많은 것은 지소가 권력을 가진 여인이기 때문이기도 하다. 지소는 일곱 살의 어린 왕을 대신하여 섭정하면서 진흥왕이 누구보다 강력한 신라를 만들도록 도왔다.

여기에는 이사부가 큰 역할을 하였다. 진흥왕 집권기 중반까지의 모든 정치적 결단과 전쟁의 출전은 이사부가 결정했을 수 있다. 그러나 그는 권력을 넘보지 않고 늘 행동하는 장수이자 정치가의 선을 지켰다. 어린 왕 앞에서 언제나 절을 하며 예를 다하였고, 왕권을 등에 업고 권세를 휘두르는 일을 결코 하지 않았다.

13. 거칠부

　이사부는 병부령이 되어 어린 왕의 든든한 버팀목이 되었다. 또한 위화랑과 함께 화랑을 신라의 교육기관으로 성장시켰다.

　평민들도 낭도가 되어 화랑의 수련을 할 수 있게 하였다. 신라의 소년들은 누구나 낭도가 되고 싶어 했다. 월성에 와 일정한 교육을 받고 시험을 통과하면 신분에 관계없이 낭도가 될 수 있었다. 그 낭도들의 우두머리가 화랑이었다.

　화랑은 유불선의 철학과 문무를 겸비하는 교육의 체계를 강화하여, 관직에 나갈 인재와 전장에 나설 장수를 모두 양성하였다. 이사부는 이렇게 화랑의 교육에 전념하던 중, 새로운 인재를 찾았다. 바로 거칠부(居柒夫, ?~579)라는 인물이다.

이사부가 거칠부를 처음 보았을 때 그는 승려였다. 『삼국사기』에 적힌 거칠부의 이력을 보아도 그는 분명 예사롭지 않은 인물이다.

거칠부 혹은 황종(荒宗)은 성은 김씨로 내물왕 5대손이다.

거칠부는 규범에 얽매이지 않고 행동하였으며 원대한 꿈이 있었다. 머리를 깎고 승려가 되어 여러 곳을 돌아다니며 유람했다. 문득 고구려를 살펴보고 싶어서 고구려 영토로 들어가 혜량 법사가 불당을 열어 경전을 강설한다는 말을 듣고 그곳으로 가 강론을 들었다.

하루는 혜량이 물었다.

"그대는 어디서 왔는가?"

거칠부가 대답했다.

"저는 신라인입니다."

"내가 사람을 많이 보았는데 너의 용모를 보니 분명 범상치가 않다. 혹시 다른 마음을 품고 있지 않느냐?"

거칠부가 대답했다.

"제가 변방에서 태어나 참된 도리를 듣지 못하였는데, 스님의 높으신 덕망을 듣고 와 말석에 참여하였습니다. 스님께서는 거절하지 마시고 끝까지 저의 어리석음을 깨우쳐 주십시오."

법사가 말했다.

"노승이 둔하고 재빠르지 못하지만, 그대가 어떤 사람인지 알 수 있다. 이 나라가 비록 작지만, 그대가 신라인임을 알아볼 자가 있을 것이다. 그대가 잡힐까 봐 염려되어 은밀히 일러주니, 그대는 빨리 돌아가는 것이 좋겠다."

거칠부가 신라로 돌아오려 할 때 법사가 말했다.

"너의 상을 보니 제비턱에 매의 눈이라, 앞으로 반드시 장수가 될 것이다. 만약 병사를 거느리고 오게 되거든 나를 해치지 말라."

거칠부가 말했다.

"만일 스님의 말과 같은 일이 생긴다면 이는 스님과 제가 모두 좋아할 일이 아닙니다. 밝을 해를 두고 맹세하겠습니다."

그는 마침내 귀국하여 본심대로 벼슬길에 나아가 직위가 대아찬에 이른다.

훗날, 신라가 백제와 연합하여 고구려를 칠 때, 거칠부가 장군으로 출정하였다. 거칠부가 고구려의 남쪽 지방을 점령하였을 때, 혜량 법사가 무리를 이끌고 길가에 나와 있었다.

거칠부가 말에서 내려 군례로써 인사하고 말했다.

"옛날 유학할 때 법사님의 은혜를 입어 목숨을 보전하였는데, 지금 뜻밖에 만났으니 어떻게 보답해야 할지 모르겠습니다."

법사가 대답했다.

"지금 우리나라의 정사가 어지러우니, 귀국으로 데려가 주시오."

이에 거칠부가 법사를 데려와 진흥왕에게 배알시켰다. 왕은 그를 승려의 가장 높은 지위인 승통으로 삼았다.

진지왕 원년(576년) 거칠부는 상대등이 되었고, 늙어 자기 집에서 죽으니(579년) 향년 78세였다.

『삼국사기』 열전

거칠부는 신라의 왕족 출신으로 젊어서 승려가 되었다. 그는 불법에 심취하여 고구려에 가서 공부하던 중 신라의 첩자라고 쫓기다가 혜량 법사의 도움으로 신라로 도망쳤다. 그리고 이사부를 만났다. 이사부와 거칠부의 첫 만남에 대한 기록은 없으나, 545년(진흥왕 6년) 이사부가 왕에게 거칠부를 천거하였다고 나와 있다.

거칠부는 고구려와 여러 곳을 돌아다니며 체득한 지혜가 깊고 강론 역시 훌륭하였다. 이사부는 그런 그의 재능을 한눈에 알아보았다. 화랑에게 불교의 철학을 교육하던 이사부에게는 거칠부가 화랑의 교육에 필요한 인재로 보였다. 또한 거칠부는 불교가 아니라도 문무를 겸비하였기에, 화랑을 교육하기에 적절한 인물이었다.

거칠부는 자유롭게 세상을 경험하며 많은 학문을 익혀 역사에도 밝았다. 그랬기에 이사부는 그를 진흥왕에게 천거하여 『국사』를 편찬하도록 하였다.

진흥왕은 아직 십 대 초반의 나이라 태후인 지소의 섭정을 받고 있었고, 의붓아버지인 이사부의 건의를 적극적으로 받아들였다.

"한 나라의 역사를 기록하는 것은 중대한 일인데 우리 신라에는 아직 역사책이 없습니다. 거칠부로 하여금 신라의 역사책을 편찬하게 하소서."

기록에서는 이사부가 왕에게 건의하였다고 전한다.

거칠부에게 하필이면 역사책을 쓰게 하였다는 점에서, 시대를 통시적으로 바라보는 이사부의 혜안이 뛰어남을 알 수 있다. 그는 왕의 의붓아버지이자 군부의 핵심으로 여러 전투를 승리로 이끌어 신라를 강하게 만들었을 뿐만 아니라, 신라가 고대 왕국의 틀에서 벗어나 큰 나라로 성장하는 문화적 발판을 두루 마련한 것이다.

진흥왕은 거칠부에게 역사책을 편찬하도록 관리들을 붙여주었고, 거칠부는 신라의 역사책인 『국사』를 편찬하였다. 이것은 신라 최초의 역사책으로 역사적 가치가 있으나 안타깝게도 현재 남아 있지 않다.

오늘날 우리가 고대사를 연구할 때 자료로 기본적으로 읽는 책이 『삼국사기』와 『삼국유사』다. 김부식과 일연은 고려시대에 이 책들을 만들었다. 고려인이 삼국의 역사를 알기 위해서는 분명히 여러 고서를 연구하였을 것이다. 어쩌면 그들은 거칠부가 지은 '국사'를 바탕으로 신라의 역사를 기록하지 않았을까?

거칠부는『국사』를 편찬한 이후에 벼슬이 파진찬에 오른다. 파진찬은 진골 이상의 왕족에게 주는 관직으로 신라의 17관등 중에서 네 번째의 고위직이다.

거칠부의 활약은 이제 문관에서 무관으로 이어진다. 이사부는 그의 장수로서의 자질을 알아보았다. 그리하여 신라가 백제와 연합하여 한강 유역을 차지할 때, 이사부는 거칠부를 앞장서도록 한다.

신라가 먼저 고구려를 대대적으로 쳐들어가는 전쟁은 신라 역사에서 처음 있는 일이었다. 이사부는 고구려에 다녀와 고구려를 잘 알고 있는 거칠부 장군을 출정시킨다. 당시에 거칠부를 비롯한 여덟 명의 장수가 대군을 이끌고 한강 상류 지역을 차지하려는 전쟁에 출전하였다. 거칠부는 등은 죽령 이북 고현 이내의 10개의 군을 점령하였다. 이때 거칠부는 예전에 자신을 도와준 고구려의 혜량 스님을 다시 만나 신라로 모셔 왔다.

승려이자 학자이면서 장군인 거칠부를 천거한 것은 이사부의 탁월한 선택이었다. 거칠부는 이사부에게는 진흥왕의 영토 확장을 돕는 최고의 동지였다. 또한 이사부는 562년 대가야 정벌 이후에 기록이 없어 그 이후 사망한 것으로 보인다. 거칠부는 계속 활약하다가 579년에 사망하였는데 그는 죽기 전까지 많은 활약을 하였다. 거칠부는 끝까지 진흥왕을 측근에서 도왔고 다음 왕인 진지왕의 시대에는 상대등이 되었으니 최고의 권력에까지 오른 것이다. 그러므로 이사부는 자신의 동지이자 후임자로 최상의 인물로 거칠부를 찾은 것이다.

14. 나제동맹과 독산성 전투

    신라는 탁순국(지금의 창원 인근)도 복속시켰다.

    탁순국은 일찍부터 왜와 왕래하였고 신라와 백제의 완충지대가 되는 곳이었다. 금관가야가 신라에 복속되자 탁순국은 신라와 백제 사이에 끼여 왕권이 흔들려 내분이 발생하였고, 결국 탁순국 왕 아리사등은 신라에 투항하였다. 신라는 금관가야를 복속시킨 이후 탁순국까지 전쟁을 치르지 않고 복속시켰다.

    백제 성왕은 서쪽의 가야 소국을 하나씩 점령하고 있었는데, 이사부가 탁기탄과 금관가야를 점령함으로써 성왕의 가야 진출을 막은 셈이었다. 거기다 탁순국까지 신라가 복속시키자 가야국을 둘러싼 백제와 신라의 갈등이 깊어지고 있었다.

　그러던 중 548년, 백제의 성왕이 신라에 지원병을 요청하였다. 고구려가 백제의 독산성을 공격하였으니 시급히 지원병을 청한다는 것이었다. 백제와는 일찍이 나제동맹을 맺은 이후 고구려의 침입 때 서로 지원군을 보내온 처지였다.

　나제동맹의 역사는 내물왕 대인 336년으로 거슬러 올라간다. 이때 백제의 근초고왕이 신라에 사신을 파견하여 화호(和好)를 도모함으로써 두 나라가 친밀해졌다. 이를 배경으로 근초고왕은 고구려에 대항하여 평양성에서 고구려의 고국원왕을 전사시키기도 하였다. 그러나 내물왕 말기에 신라가 고구려에 접근하자 백제가 가야, 왜의 연합군을 형성하여 신라로 쳐들어왔다. 신라는 이에 고구려에 구원을 요청하였고, 이로 인해 나제동맹은 깨졌다.

　그러다 고구려 장수왕의 남진정책으로 백제와 신라는 위협을 느꼈고, 433년 백제의 비유왕과 신라의 눌지왕이

동맹을 맺게 된다. 이 2차 나제동맹은 필요할 때 상호 지원군을 파견하도록 하는 공수동맹이었다. 또한 이후로 백제와 신라는 결혼동맹을 맺어 서로의 왕족을 혼인시키기도 하였다.

백제 성왕의 지원 요청에 진흥왕은 망설였다. 독산성은 한강 근처에 있었기 때문에 백제로서는 고구려의 남하를 막는 요충지였다. 또한 독산성의 동쪽은 안라국이니, 만약 독산성을 고구려에 빼앗기면 가야국들까지 고구려에 빼앗길 위험이 있었다. 그러므로 백제 처지에서는 가야국을 빼앗기지 않기 위해서라도 독산성을 꼭 지켜야 했다.

"백제가 독산성을 잃어버리면 우리가 안라국을 취하기는 쉬울 것입니다."

백제를 적극적으로 도울 필요가 없다는 주장이 있었다.

성왕은 웅진에서 다시 사비로 도읍을 옮겼다. 사비의 땅을 다지고 궁궐을 짓는 데 십 년 이상 백성이 동원되었다. 장기간 노역에 동원되면 백성들 사이에 원성이 높아지는 것이 당연하다. 그런데도 백성들은 왕을 성왕이라 칭송하여 불렀고 왕의 위세와 존엄이 어느 때보다 높다고 하였다.

그런 성왕이 직접 출전한 전투였다. 이사부가 신중하게 말했다.

"폐하, 고구려의 남하 위험을 막으려면 아직까지 우리에겐 백제와의 결속이 필요합니다. 백제의 성왕이 직접 출전하여 지원군을 요청하니 이에 응하는 것이 마땅하옵니다. 만약 우리가 지원군을 보내지 않았는데 백제가 이긴다면, 안라국은 반드시 백제에 복속되고 주변 소국들도 위험해질 것입니다."

이사부는 안라국과 주변 소국들을 잃지 않기 위해서라도 지원군을 보내야 한다고 주장했다. 진흥왕은 이사부의 뜻을 받아들여 주진 장군에게 군사 3천을 주어 출전을 명했다.

"백제를 돕는 것이니 우리 군사의 목숨이 위태롭지 않도록 지혜로운 전쟁을 해야 하네. 백제군을 뒤에서 도우면서도 성왕이 만족할 만한 전략을 세워야 하네."

이사부는 주진 장군에게 신신당부하며, 승전한 후 성왕을 꼭 만나고 오라고 전하였다.

다행히 독산성 전투는 백제군의 맹공과 신라의 지원으로 승리하였다. 성왕은 동맹국의 출전에 깊이 감동하였다는 친서를 진흥왕에게 보냈다. 이사부는 성왕이 고구려를 쳐서 잃어버린 한성 땅을 회복하고자 하는 의지가 강함을 알았다.

'성왕은 옛 땅을 회복하기 위해 또 고구려와의 전쟁을 할 것이고 신라에 다시 지원을 요청할 것이다. 나제동맹이 언제까지 계속될 수 있을까?'

이사부는 성왕이 이전의 어느 백제 왕보다 경계해야 할 인물이라 생각했다.

그런데 고구려가 독산성을 쳐들어온 이유는 안라국(아라가야)이 도움을 청했기 때문이다. 여기에는 가야국들을 장악하려는 성왕 앞에 대항하고 가야국으로서 독립하고자 했던 안라국의 의도가 있었다.

백제는 가야 소국들을 하나씩 점령해 가면서, 내륙의

가야국을 고립·복속시킬 시도를 했다. 이에 위기를 느낀 대가야는 백제에 대항하기 위해 신라와 우호 관계를 맺고자 했다. 522년 대가야의 이뇌왕은 신라 법흥왕에게 사신을 보내 결혼동맹을 청했고, 신라에서는 대가야와 우호적인 관계를 형성하기 위해 이찬 비조부의 누이를 대가야에 보내 결혼동맹을 맺었다.

대가야의 행보를 지켜본 안라국은 529년 백제와 신라에 중립을 선포했다. 그러자 이를 괘씸하게 여긴 백제 성왕은 안라국을 공격하여 걸탁성을 빼앗았다.

백제가 서쪽의 가야 소국들을 침범하는 것을 지켜보던 신라는 백제가 안라국까지 치고 들어오자 이사부가 나서서 탁기탄과 금관가야, 탁순국까지 병합했다. 이에 백제는 가야 소국의 왕들을 사비성에 불러들여 회의를 열었지만, 안라국은 이에 응하지 않았다. 불안을 느낀 안라국은 결국 고구려에 도움을 요청하여, 고구려가 독산성을 치면 안라국이 돕겠다고 하였다. 고구려는 이에 응하여 독산성을 공격한 것이었다.

그러나 백제는 나제동맹을 내세워 신라에 지원군을 요

청하였고, 동맹군 앞에서 고구려군은 대패하고 말았다. 안라국의 처신에 화가 난 백제 성왕은 안라국을 더욱 옥죄어 속국으로 만들다시피 하였다.

독산성 전투에서 패전한 후 고구려는 차츰 남쪽 변경에서 군사적 힘을 잃어 몇 년 후에는 나제동맹군에 의해 한강 상류 지역까지 빼앗기고 만다. 고구려의 역사에서 광개토대왕과 장수왕 시절의 번성이 끝났음을 보여준 전투가 독산성 전투, 그리고 곧 있을 이사부의 도살성, 금현성 전투라 할 수 있다.

15. 도살성과 금현성을 차지하다

2년 후인 550년 1월, 백제 성왕은 1만 대군을 이끌고 고구려의 도살성으로 쳐들어갔다.

도살성의 위치는 지금의 청주 북쪽으로 추정된다. 당시 고구려는 충주에 군사 거점을 두고 있었다. 도살성은 그 전진기지였다. 그러므로 백제로선 도살성을 얻어야 한강 유역으로 나아갈 수 있었다. 백제군의 맹공에 고구려는 도살성을 백제에 빼앗겼다. 백제는 북쪽으로 나아가기 위한 전투를 시작한 것이었다.

그런데 도살성 전투가 끝난 지 얼마 후인 3월, 고구려는 도살성을 잃은 데 대한 보복으로 백제의 금현성을 공격하였다.

신라는 고구려의 공격으로 백제의 금현성이 위태롭다는 보고를 받았다. 도살성을 얻은 백제군은 그곳에 머무르고 있었다. 도살성과 금현성의 상황을 자세히 파악한 이사부가 왕에게 고했다.

"고구려가 지금 금현성을 점령한다면, 백제와 고구려는 빼앗긴 금현성과 도살성을 되찾기 위해 전쟁을 치를 것입니다. 우리는 이때를 노리는 것이 좋습니다!"

"때를 노리다니요?"

"도살성과 금현성은 가까이 있으니, 필시 성을 빼앗은 두 나라는 반드시 잃어버린 성도 회복하려 전투를 벌일 것입니다. 저들은 앞선 전투로 쉽게 지칠 것이니 우리가 지혜롭게 싸우면 두 성을 얻을 수 있습니다. 신이 군사를 이끌고 출정하겠나이다!"

대신들이 머뭇거리는데, 거칠부가 동조하고 나섰다.

"두 적이 싸우는 사이에 두 성 모두를 공략하다니 실로 현명한 전술입니다. 신도 함께 출정하겠나이다!"

이사부는 군사 1만 명을 이끌고 출정하였다. 군대가 이동하는 동안 금현성은 고구려군이 점령하였다는 소식이 왔다. 기다리던 소식이었다. 서로 상대의 성을 하나씩 빼앗았으니, 이제 저들은 잃어버린 성을 되찾으려 할 것이었다.

"도살성의 백제군이 분명히 빼앗긴 금현성을 되찾으러 출정할 것이다."

이사부는 군사를 나누어 절반은 도살성으로 향하고 절반은 거칠부에게 맡겨 성을 빠져나온 백제군의 후미를 치기로 하였다.

백제의 도살성이 내려다보이는 곳이 도착했다. 군사들이 성문을 나와 이동하는 모습이 보였다. 예상대로 백제군은 고구려가 점령한 금현성 쪽으로 향하고 있었다.

"서두르면 일을 망친다. 저들이 성을 완전히 빠져나간 후 빈 성을 쳐야 아군의 피해를 최소화할 수 있다."

과연 백제군은 일차로 기병과 보병이 출발한 뒤, 후진의 보병들이 출정하였다.

"먼저 출발한 기병과 보병은 모두 보내 주어라. 그래야 저들이 금현성에 있는 고구려군을 끌어내 싸울 것이다."

도살성을 나온 백제군이 산을 돌아 흔적을 감춘 뒤 이

사부는 조용히 도살성을 향해 출정 명령을 내렸다. 성을 지키는 군사가 많지 않아 성문은 쉽게 열렸다. 후진으로 출발했던 백제군이 성에 문제가 생겼음을 알고 되돌아올 때 거칠부가 거느린 신라군이 나타났다. 신라군이 그들의 후미를 치며 에워싸자, 백제군은 항복할 수밖에 없었다.

도살성에 신라의 깃발이 올라온 후, 이사부는 부하 장수에게 성을 지킬 것을 명하고 거칠부와 함께 금현성으로 향했다. 금현성 쪽에서 전령이 달려와 상황을 전했다.

"백제군이 오는 것을 알고 고구려군이 성에서 나와 골짜기에서 막 전투가 벌어졌습니다!"

예상대로 고구려군도 금현성에서 나왔다. 이사부는 전투가 더 치열해지기를 기다렸다가 금현성을 향해 다가갔다. 고구려군이 출정한 금현성 역시 성안에 남은 군사는 많지 않았다. 성문 하나를 조용히 열어 진군한 뒤 성을 점령했다. 성을 지키던 고구려 장수들만 붙들어 성문 위에 묶어 두었다.

골짜기의 싸움은 밤이 될 때까지 이어졌다. 뒤늦게 도

살성과 금현성이 점령된 것을 안 그들은 신라군과 싸울 기력마저 잃었다.

다음 날 아침, 금현성 앞에 이사부와 고구려, 백제의 장군이 마주 섰다. 성 위에서는 신라군이 활을 겨누고 있었고 양 숲에도 신라군이 매복하고 있었다.

"포로로 잡힌 고구려 장수들을 살려 보낼 테니 군사를 돌리시오. 도살성에 붙잡힌 수백 명의 백제군을 풀어줄 테니 백제군 역시 물러가시오."

고구려와 백제의 장수들은 이사부 앞에 고개를 숙이고 물러날 수밖에 없었다. 백제의 장수가 이사부를 향해 분한 듯이 소리쳤다.

"백제와 신라는 동맹을 맺었거늘, 이렇게 비겁하게 뒤통수를 친단 말이오?"

이사부는 담담하게 대답했다.

"어느 전투가 비겁하지 않다 하겠소? 내 군사의 피를 적게 흘리고 이기는 것이 장수된 자의 도리요."

그러나 아직 형식적인 동맹 관계가 완전히 부서진 것은 아니었다. 고구려에 맞서기 위해서라면 백제는 또 신라와 손을 잡으려 할 수 있었다.

이사부는 도살성과 금현성의 안정을 위해 두 곳에 머무르며 성을 수리하고 증축했다.

얼마 후에 고구려군이 금현성을 회복하기 위해 군사를 이끌고 왔다.

"거칠부는 성을 지키고 나는 밖에서 적의 뒤를 치겠다."

이사부는 군사의 절반을 이끌고 뒷문으로 나와 상황을 살폈다. 고구려군이 성을 향해 활을 쏘고 성벽을 기어오르려 하였다. 성 위에서 신라군이 적을 막아내고 있었다. 이사부가 적의 뒤를 치자 고구려군은 오래 견디지 못하고 철수하였다.

진흥왕이 세운 단양 적성비는 이 도살성과 금현성을 차지한 후에 세운 것으로 보인다. '적성산성'(단양)은 고구려의 도살성으로 가는 길목에 있다. 이 비에서는 적성을 차지하는 데 공을 세운 이사부를 비롯한 장수들의 이름과, 신라를 도운 야이차와 그 주변인에 대한 칭송과 포상의 내용도 볼 수 있다. 적성산성 백성의 민심을 다스리고 누구나 신라에 충성하도록 교화하려는 목적이었다.

신라는 도살성과 금현성을 차지함으로써 영토를 크게 넓히게 되었다. 동쪽의 작은 나라였던 신라가 한반도의 중심국으로 떠오르게 된 것이다. 또한 이것은 장차 진흥왕이 한강 북쪽을 넘어 함경도까지 영토를 확장하는 시발점이 되었다.

진흥왕은 이때 왕위에 오른 지 십 년이 넘어 십 대 후반의 청년이 되었다. 유순하던 소년이 새로운 신라를 꿈꾸는 혈기 왕성한 야심가가 되어 있었다. 이사부는 이제 왕이 지소의 섭정에서 벗어나 친정을 펼칠 때가 되었다고 판단했다.

이듬해인 551년, 열여덟 살이 된 진흥왕은 연호를 개국으로 고쳤다. 친정시대를 알린 것이다. 그리고 이때부터 진흥왕은 이사부, 거칠부를 앞세워 본격적인 정복 전쟁에 돌입하였다.

16. 진흥왕, 정복왕이 되다

551년, 백제의 성왕이 신라 진흥왕에게 친서를 보내왔다.

당시 고구려는 내분으로 정세가 어지럽고 북방의 돌궐족을 대적하기 급급한 상황이었다. 성왕은 이때를 노려 백제와 신라, 가야의 동맹국들이 단결해 북진군(北進軍)을 조직하여 고구려의 남쪽을 치자고 하였다. 동맹국이 승전한다면, 백제는 잃어버린 한강 하류를 되찾고 신라는 한강 상류까지 진출할 기회였다.

일각에서는 진흥왕이 먼저 한강 유역을 치자고 백제에 제안하였다는 주장도 있으나, 당시의 정황과 옛 땅을 회복하려는 백제의 의지로 볼 때 백제가 북진군을 제안했다는 논리에 무게가 실린다.

이미 안라국과 대가야는 출전을 결정한 상황이었다. 이사부는 진흥왕에게 이것이 한강 유역을 차지할 큰 기회임을 강조하였다. 또한 한강 북쪽을 차지하면 대가야와 안라국을 지리적으로 단절시켜 그 나라들을 신라에 쉽게 복속시킬 수 있었다. 이사부는 수년 동안 고구려의 여러 곳을 다녀온 경험이 있는 거칠부를 앞세워 북진군을 조직하도록 했다.

진흥왕은 거칠부와 김무력, 미진부 등의 여덟 장군에게 군사를 주어 한강 북쪽 지방을 치도록 하였다. 이사부는 이때 월성에서 모든 전쟁의 상황을 지휘하였다.

백제군은 고구려군을 대파하고 옛 도읍인 한성과 평양(지금의 한강 북쪽 지역)을 점령하였다. 신라군 역시 승전 소식을 전해 왔다.

"거칠부 장군이 죽령을 점령하였고, 그 북쪽으로 계속 진군하고 있다고 합니다."

신라의 장군들이 거침없이 북진하는 중에 고구려의 침

략 소식이 전해졌다.

"고구려가 금현성으로 쳐들어갔다는 전령이 왔습니다."

신라가 빼앗은 금현성을 고구려가 회복하러 온 것이었다. 이사부는 지도를 펼쳐놓고 신라 장군들의 위치를 파악했다.

"지금 김무력이 금현성을 지키고 있겠군요. 미진부가 근처에 있으니 금현성을 지원하라고 전령을 보내겠습니다."

이틀 뒤에 김무력이 금현성을 지켜내었고, 신라군은 기세를 몰아 북쪽으로 진군하고 있다는 소식이 왔다. 백제군과 신라군은 연합하여 고구려군에게 밀리지 않고 성공적으로 전쟁을 치르고 있었다.

"아버님, 이번 북진으로 백제와의 동맹이 더욱 견고해지겠습니까?"

진흥왕의 말에 이사부는 고개를 저었다.

"그 반대입니다. 백제가 점령한 땅은 고구려에 빼앗겼던 것을 되찾은 것이요, 우리 신라는 건국된 이래 가장 넓은 영토를 차지하게 될 것이니, 백제는 우리를 더욱 견제할 것입니다. 그러나 우리는 이 기회를 놓쳐선 안 됩니다."

551년에 시작된 동맹군의 북진 전쟁은 이 년 가까이 이어졌다. 백제는 옛 도읍인 한성을 비롯하여 평양 등 한강 하류의 6개의 군을 점령하였다. 신라는 한강 상류인 죽령부터 고현(지금의 철원으로 추정)에 이르기까지 10개의 군을 점령하였다.

북진군의 주력 부대가 서라벌로 돌아왔고 전쟁은 끝났다. 점령지에는 신라 군사가 주둔하여 고구려의 남침에 철저히 대비했다.

그런데 백제의 점령지인 한강 하류 지역에 백제군이 보이지 않는다는 보고가 들어왔다. 긴급히 상황을 살펴보니, 전쟁 중에 고구려 유민들이 빠져나간 후 한성이 거의 빈 상태였다. 점령한 땅에는 자국민과 군사를 주둔시켜 방비를 더욱 튼튼히 해야 하는데 백제군은 그럴 상황이 되지 못하는 듯했다.

"백제군이 대거 철수하였다 합니다. 남쪽에 살던 백성을 억지로 한성으로 이주시키기도 어려워 점령지를 내버려 둔 상황으로 보입니다."

진흥왕은 이때를 놓치지 않았다.

"우리가 한강 하류까지 차지할 수 있는 기회입니다. 하지만 군사를 몰아 한성을 친다면 동맹을 배신하는 것이니, 어찌해야 할까요?"

이사부가 서두르지 말 것을 당부했다.

"백제가 이번 전투를 치르며 남쪽 귀족들의 군사를 동원하였는데, 한성을 지킬 군사를 계속 주둔시키기 어려운 실정으로 보입니다. 게다가 고구려가 다시 쳐들어올지 모르는 지역이니 고립을 감수해야 하는 위험도 있지요."

이사부는 백제와의 마찰을 최소화하며 비어 있는 백제 땅을 얻을 방법을 고심했다. 진흥왕의 말대로 자칫하면 동맹을 깨고 뒤통수를 쳤다고 백제와의 전쟁이 일어날 수 있었다. 그러나 바로 위쪽에 신라군이 주둔하고 있는데 국경에 접한 땅을 백제가 비워 두는 것이 이상했다.

'혹시 백제는 군사를 두기 힘든 한성을 신라에 맡김으

로써, 고구려의 남침을 신라가 막게 하는 효과도 노렸을 지 모른다.'

이 생각에 이르자 이사부는 왕에게 권했다.

"우선 비어 있는 땅에 신라인을 이주시켜 살게 해보소서. 그 땅에 신라인이 사는 것을 백제가 묵인하면 자연스럽게 신라의 영토로 만들면 됩니다."

몇 달 동안 신라인이 한성에 들어가 살아도 백제는 별다른 문제를 제기하지 않았다.

김무력이 북방의 경계를 세운다는 명목으로 군사를 이끌고 한성 땅으로 진군하였다. 맞서는 백제군이 없었기에 김무력은 한성을 쉽게 차지하였다. 진흥왕은 그곳에 신주(新州)를 설치하고 김무력을 군주로 앉혔다. 이로써 진흥왕은 어머니인 지소의 섭정체제가 끝난 후 북진정책을 적극적으로 펼쳐 신라 최고의 정복왕이 되었다.

"한성을 우리가 차지한 것에 대해 백제가, 동맹을 배신했다 하여 쳐들어올 수 있으므로 늘 긴장을 유지해야 합니다."

이사부는 신주의 군주 김무력에게 백제의 동정을 늘 살

피도록 하였다.

　한성에 신주가 설치된 지 석 달 후에 백제에서 사신이 왔다. 백제 성왕의 딸을 진흥왕과 결혼시키자는 내용이었다. 553년 10월, 성왕의 딸은 진흥왕의 후비(소비 부여씨)가 되었다. 결혼동맹으로 두 나라의 결속을 견고히 하자는 의도로 보였다. 한성 땅을 차지하고 신주를 세운 신라에 대해 백제는 침묵했으나, 그것은 태풍 전야의 평온이었다.

　신라가 백제와 동맹하여 한강 유역으로 진출한 후, 백제가 점령한 한강 하류 지역을 빼앗은 것에 대해 '배신 행위'라는 비판을 받아 왔다. 동맹하여 고구려를 친 후 그 동맹을 손바닥 뒤집듯이 깨고 동맹국의 땅까지 빼앗았다면 신의를 저버린 비겁한 행동이다.

　그러나 사료들을 살펴보면, 백제가 차지한 땅에 신라가 들어가 전쟁을 하여 빼앗았다기보다, 백제가 관리하지 못하는 지역을 손쉽게 차지한 것으로 보인다. 백제는 북쪽인 한성까지 백성을 이주시키지 못하였고, 해씨와 진씨의 귀족 세력이 막강하여 귀족들의 사병을 국경에 오래 주둔시킬 수 없었다. 그래서 최근의 연구가들은 백제가 그 땅을 신라가 가져가게 내버려 두었다는 논리를 펴고 있다.

김무력이 한성을 차지한 지 석 달이 지났을 때, 백제의 성왕은 자신의 딸을 진흥왕의 후비로 보냈으니, 이 일을 보아도 신라의 배신에 백제가 분노한 것은 아닌 듯싶다.

그러나 이듬해에, 백제는 대군을 이끌고 와 관산성을 침으로써 잃어버린 한강 지역을 되찾으려 한다. 신라와 백제 사이에 이전에 없었던 대규모 전쟁이 벌어지게 된다.

17. 관산성 전투

　일 년 뒤인 554년, 백제는 신라의 관산성으로 쳐들어왔다.

　백제는 가야, 왜와 함께 연합군을 형성하여 태자를 총사령관으로 내세웠다. 관산성을 차지하면 한강 하류로 통하는 신라의 보급로가 차단되어 백제가 한강 지역을 다시 회복할 수 있음을 노린 것이었다.

　"폐하, 군주 우덕과 아찬 탐지가 백제군에 대패하고 수천의 군사가 죽었다 합니다!"

　예기치 못한 대군의 침입에 신라군은 연일 패배하였다. 여러 장수가 백제군과 맞섰으나 당해내지 못하고, 결국 관산성은 백제군에게 함락되고 말았다.

"관산성이 백제의 손에 넘어갔으니, 한강 하류의 땅도 가망이 없습니다."

진흥왕은 처음 겪는 처절한 패배에 얼굴이 흙빛이 되었다. 이사부가 조심스럽게 말했다.

"신주의 김무력이 관산성 가까이 있으니, 적의 허점을 노려 관산성을 치도록 하소서."

신주는 백제의 한성 땅이었으니, 만약 김무력이 패한다면 한강 유역을 모두 내주어야 할 형국이었다. 김무력이 사활을 걸고 싸워도 승산이 있다고 보기는 어려웠다.

"백제의 태자가 구천에 본진을 형성하고 대열을 정비하고 있다 합니다. 신주 군주 김무력이 구천으로 출정하였습니다."

전령이 소식을 전한 후, 새로운 소식이 날아왔다.

"백제의 왕이 태자의 승전을 축하하기 위하여 좌평들과 친위군대를 이끌고 구천으로 간다는 첩보입니다."

이사부는 승산 없는 전투에 한 줄기 희망이 비치는 것을 느꼈다.

"그들을 사로잡아야 합니다. 왕의 행렬을 사로잡아 협

박하면 태자는 물러날 수밖에 없을 겁니다! 꼭 백제 왕을 사로잡아야 합니다. 김무력에게 반드시 백제왕을 생포하여 태자를 협박하라 하소서."

전령은 김무력에게로 달려갔다. 이사부는 생전에 백성들로부터 성왕이라는 존호를 받은 백제 왕을 생각했다. 곧 태자에게 왕위를 물려줄 그의 마지막 행차가 자랑스럽지 못할 것이 유감이었다. 이사부는 잠들지 못하고 서리 내리는 마당을 서성거렸다. 차가운 서쪽 하늘에 유성 하나가 꼬리를 빛내며 떨어졌다.

다음 날이었다. 김무력이 보낸 전령이 달려와 상황을 전하였다.

"백제 왕을 사로잡았습니다!"

진흥왕이 자리에서 벌떡 일어나며 이사부를 보았다.

"김무력의 부하 비장과 그의 수하들이 백제 왕의 친위부대를 쳐서, 왕과 대신들을 사로잡았습니다. 지금 구천으로 가는 길의 풀숲에 묶어두고 있습니다."

왕은 김무력이 직접 보낸 서신을 읽었다. 김무력은 백제 왕을 어떻게 처분하면 되겠느냐고 묻고 있었다.

"한시바삐 관산성으로 가 백제 왕을 앞세워 태자를 물러나게 해야지요. 관산성을 되찾고 전쟁을 끝내야 합니다!"

이사부의 판단으로는 백제 왕을 사로잡은 즉시 관산성으로 갔어야 했다. 그러나 진흥왕은 생각에 잠긴 표정이었다. 무언가를 결심한 듯 왕은 대신들을 둘러보며 말했다.

"백제 왕을 살려야 하겠소? 죽여야 하겠소?"

"폐하!"

이사부가 다급히 외쳤다.

"전쟁의 목적은 이기는 것입니다. 포로로 잡힌 백제 왕을 이용하여 관산성을 되찾고 전쟁을 끝낼 수 있는데, 왕을 죽이다니요! 안 될 말씀입니다!"

"백제 왕을 죽이면 백제의 기운은 땅에 떨어지고 앞으로도 감히 신라를 함부로 보지 못할 것이오. 성왕은 연합군을 이끌고 신라로 쳐들어왔소. 그를 죽여 우환을 없애야 하지 않겠소?"

왕은 목에 핏대를 세우며 이사부를 외면하고 있었다.

이사부는 거대한 연합군을 이끌고 온 성왕에 대한 왕의 두려움을 알아차렸다.

진흥왕은 패기 넘치는 젊은이였지만 그에게 성왕은 거대한 적국의 지존이었다. 성왕이 30년 동안 집권하였으니, 진흥왕은 태어나면서부터 지금까지 백제 성왕의 위협을 끊임없이 느껴왔다. 최근 들어 자주 가야국들을 소집하여 신라를 압박하더니, 성왕은 진흥왕에게 처음으로 굴욕을 안겨주고 있었다. 진흥왕은 이 기회를 가장 잔인하게 이용하여 백제의 기세를 누르려는 것이었다.

"성왕은 이미 왕위를 태자에게 물려준 것이나 다름없습니다. 적국의 늙은 왕을 굳이 죽여 우환을 만들 필요는 없습니다."

"늙은 왕이 지금 한강 유역을 되찾고자 하니, 그 우환을 없애는 것이 낫지 않습니까?"

"폐하, 안 됩니다. 적장도 아니고 일국의 왕입니다. 왕을 풀숲에 묶어두었다가 일개 군사의 칼에 죽게 할 순 없습니다. 일단 백제왕을 관산성으로 끌고 가 적의 항복을 받아내되, 그것이 어려울 때 김무력의 손으로 죽이게 하소서!"

왕이 탁자를 내리쳤다.

"그대들은 왜 말이 없소?"

왕은 이사부의 뜻을 받아들이지 않겠다 선언하고 있었다. 처음 있는 일이었다. 대신들은 왕과 이사부의 눈치를 보다가 말했다.

"백제 왕을 죽여 저들의 사기를 꺾으면 전쟁에 더 쉽게 이길 것입니다."

누군가가 왕이 바라는 대답을 내놓았다. 왕이 심호흡을 한 뒤 근엄하게 말했다.

"김무력에게 백제 왕을 인질로 삼아 적의 항복을 받아 내되, 상황이 좋지 않을 때에는 죽여도 좋다고 하겠소"

이사부는 왕이 백제 왕을 죽이기로 작정했음을 알았다.

다음날 다시 전령이 달려왔다.

"군사들의 사기가 높아져 김무력 군주는 총공격을 감행하고, 지원군도 구천에서 합세하여 관산성으로 향했습니다. 또한, 백제 왕이 죽었습니다.

"백제 왕이 죽다니!"

이사부가 놀라 왕을 바라보았으나 왕의 표정은 냉정하였다. 이사부의 두 뺨에 소름이 돋았다. 김무력의 부하 장수인 비장과 그의 수하인 도도(都刀)란 자가 들어와 왕 앞에 작은 상자를 바쳤다.

"백제 왕의 목을 베었나이다!"

상자에는 백제 성왕의 잘린 머리가 들어 있었다. 이사부는 두 손을 불끈 쥐고 이를 악물었다.

"백제 왕의 신체를 가져왔는가?"

"상황이 급박하여 수급만 가져왔나이다. 대신 네 명의 목도 모두 베었나이다!"

도도라는 자가 성왕의 목을 베었다 한다. 김무력이 사로잡아 당당히 목을 베었다 하더라도, 왕의 신체는 백제 태자에게 돌려주어야 했다.

'이 전투는 신라군의 승리로 끝날 것이다. 전장에서 적장의 수급은 돌려주는 것이 예의이거늘 존엄한 왕의 신체를 이토록 허망하게 훼손하다니!'

이사부는 백제의 큰 별이 무참히 졌으니 백제가 다시는 성왕 시절의 영광을 되찾기 어려울 것이라고 생각했다.

성왕과 백제의 고관들이 모두 죽임을 당하자 백제군은 큰 충격에 빠졌다. 김무력은 군사를 이끌고 관산성을 치고 들어갔다. 백제군은 전의를 상실하였고, 신라군은 거침없이 적을 휘몰아쳐 관산성을 탈환하였다. 백제 군사 2만 9천6백 명의 목이 잘렸고, 단 한 마리의 말도 백제 땅으로 돌아가지 못했다.

백제 성왕은 무령왕의 아들로 태어나 30년 동안 백제를 강력하게 이끌었다. 수도를 사비로 옮긴 후에는 나라 이름을 남부여라 하고 후기 백제를 이끌며 왜와 가야국들을 압도하는 정책을 펼쳤다. 그러나 관산성 전투에서 성왕은 허무하게 죽고, 신라는 이때부터 백제의 원수가 되었다. 신라에서 성왕의 머리를 궁궐의 돌계단 아래에 묻어 신하들에게 그 머리를 밟고 오르게 했다는 설도 있으나 사실인지는 알 수 없다.

학계에서는 나제동맹군이 각각 한강 상류와 하류를 차지하였는데 신라가 동맹을 깨고 백제가 차지한 땅을 빼앗자, 이에 대한 복수로 백제가 관산성 전투를 일으켰다고

도 한다. 한강 유역을 신라에 내준 백제로서는 한강으로 가는 요충지인 관산성을 빼앗으면 신라의 길을 막아 잃어버린 땅을 회복하리라 판단했다. 그러나 다 이긴 전투에서 성왕이 전사함으로써 결국 백제는 참패하고 만다.

이후 백제의 왕들은 한강 유역을 다시 찾기 위해 끊임없이 노력하였으나 회복하지 못하였다. 성왕 대의 영광을 되찾기 위해 가장 노력한 이는 백제의 의자왕이었다. 그는 집권 초기에 신라에 쳐들어가 40여 개의 성을 차지하였으나, 그 힘이 끝까지 가지 못하고 백제는 멸망하고 말았다.

관산성 전투에서 공을 세운 김무력은 금관가야의 마지막 왕인 구형왕의 셋째 아들이다. 그는 금관가야가 멸망한 후 신라의 진골이 되었는데 그 후 장수로서 많은 공을 세웠다. 김무력은 백제의 땅 한성에 진군한 후 신주의 군주가 되었으며, 관산성 전투에서 성왕을 죽이고 전쟁을 승리로 이끄는 데 공헌했다. 김무력은 가야의 왕족이 신라 역사의 주역이 되는 과정을 보여준 전형이라 할 수 있으며, 그의 손자가 바로 김유신이다.

이사부가 가야국과 소국들을 복속시키고 백제의 도살성과 고구려의 금현성을 차지함으로써 신라는 한강 상류와 하류 지역까지 아우르는 넓은 영토를 얻게 되었다. 또한 관산성 전투가 벌어졌던 해, 소가야(경남 고성)와 가야소국인 사물국(사천 인근)도 신라에 합병되었다. 소가야의 멸망으로 소가야 앞바다까지의 해상 역시 신라가 차지하게 되었다.

이사부의 활약으로 신라는 처음으로 백제를 위협하는 강한 나라로 떠올랐으며, 삼국시대의 진정한 주인공으로 우뚝 서게 되었다.

18. 안라국(아라가야)을 복속시키다

안라국(아라가야)은 선사시대부터 일찍 발전하여 6세기 중엽에 멸망할 때까지 500년이 넘는 역사를 간직하고 있다. 안라국의 멸망 시기에 대한 명확한 기록은 없지만, 백제의 성왕이 관산성에서 죽은 후부터 급속히 쇠퇴하여 555년부터 561년 사이에 신라에 복속되었다.

안라국은 변한 지역의 작은 나라들을 통합하는 과정에서 성장한 고대 국가로 지금의 함안을 중심으로 하여 광활한 분지와 넓은 해안을 가지고 있었다.

안라국은 5세기 후반에는 삼국시대의 여러 나라와 어깨를 나란히 할 정도로 강대한 나라였다. 그러나 6세기에 들면서 안라국은 백제와 신라 사이에서 압박을 받게 되었다. 안라국은 백제의 성왕과 긴밀하게 협의하며 독립적인 나라가 되려고 했으나, 백제와 신라는 가야국들을 끊임없이 노리고 들어왔다.

이후 백제의 힘에서 벗어나기 위해 고구려와 내통하여 독산성 전투를 일으켰지만, 이 전투에서 백제가 승리함으로써 안라국은 백제의 속국이 되었다. 그러다가 관산성 전투에서 성왕이 죽자 백제는 크게 흔들렸고 안라국 역시 신라의 위협을 받았다.

신라는 비사벌국(창녕)을 점령한 후 주변의 소국들을 하나씩 정복하였다. 신라는 3~4년에 걸쳐 임례, 자타, 걸손, 졸마의 소국들을 정복하여 대가야와 안라국을 이어주는 길목을 완전히 차단하였다.

560년 거열국(거창)을 점령한 이사부는 그해 12월, 국경이 무너진 안라국에 군사를 이끌고 진격하였다.

"장군, 안라국 왕족들이 금사로 피신하여 성문을 열지 않습니다."

이사부는 주변의 지리를 파악한 후 명령했다.

"서둘지 마라. 저들이 갈 곳은 남쪽의 아라산 쪽밖에 없으니, 아라산 일대를 에워싸고 저들의 발을 묶어라."

"장군, 곧바로 진격해도 저들은 끝까지 저항할 힘이 없을 겁니다."

이사부는 고개를 저었다.

"항복만 받으면 된다. 곧 신라의 땅이 되고 신라의 백성이 될 것이니 굳이 저들을 죽일 필요가 없다."

아라산(아라파사산) 아래 찬바람을 피할 수 있는 곳을 만들어 군사를 대기시키고 돌아가며 순찰하게 하였다. 그러던 중 군사가 안라국의 병사를 잡아 왔다. 병사는 왜에 보내는 서신을 가지고 있었다.

"안라국 왕이 왜에 도움을 요청하는구나."

이사부는 잠시 생각하더니 안라국의 병사를 그대로 보내주었다.

"병사가 안라국 왕에게 돌아가 우리에게 들켰다고 보고할 텐데요."

"왜의 도움을 포기하든지, 다시 왜의 도움을 청하든지 하겠지."

이사부는 아라산 아래에 산성을 쌓았다. 왜가 올 것을 대비한 산성을 쌓으니 안라국에서는 그것을 알고 더 두려워하였다. 산성이 점점 높아지자 어느 날, 안라국 군사가 공격을 해왔다.

이사부의 명으로 달려 나간 군대가 적을 일시에 물리쳤다. 안라국은 더 이상 공격하지 못하였다. 561년 1월, 산성을 높이 쌓고 고생한 군사들에게 음식을 내렸다. 산성에 올라가 밥을 짓고 고기를 잡아 기름진 냄새를 풍겼다. 그리고 안라국 왕에게 전령을 보냈다.

"추위에 군사들을 더 고생시킬 수 없으니 곧 왕이 있는 금사에 불을 지르고 출정할 것이다. 군사의 목숨을 살리고 싶으면 항복하라!"

결국 안라국 왕은 이사부 앞에 나와 항복하였다.

안라국의 멸망 시기와 정황을 정확하게 기록한 사서는 없다. 다만, 이사부가 대가야를 복속시킨 562년은 안라국이 이미 멸망한 후였다. 그래서 안라국은 창녕 진흥왕척경비가 세워진 561년경에 멸망한 것으로 추정한다. 다른 진흥왕순수비는 왕이 자신의 영역을 순수(순행)하고 세운 비석인데 비해, 척경비는 그 뜻을 볼 때 영토를 점령하고 세운 것이므로 561년에 안라국을 복속시키고 비를 세웠다고 보는 견해가 지배적이다.

다만 『일본서기』에는 아라가야의 멸망에 대해 다음과 같이 기록되어 있다.

그해 12월 신라가 아라가야를 공격했다. 아라가야는 금사에서 버티며 왜에 도움을 요청했다. 신라는 561년 1월, 아라파사산에 성산산성을 쌓아 왜의 침입에 대비하며 아라가야의 정복을 시도했다. 저항하던 아라가야는 끝내 2월에 멸망했으며, 신라 진흥왕은 즉시 그곳을 순행하여 창녕에 척경비를 두었다.

창녕 진흥왕척경비에는 창녕의 비사벌국을 점령하고 영토를 확장하였다는 내용과 함께 진흥왕이 자신의 통치 이상을 밝히고 백성을 잘 당부하는 내용이 기록되어 있다. 또한 자신과 함께한 고관들의 관등 순서에 따라 적어 놓았다.

그런데 그 이름 중에 '도설지'라는 인물이 있다.

도설지는 진흥왕이 그전에 세운 단양 적성비에도 등장하는 이름이다. 단양 적성비는 이사부가 고구려의 도살성을 빼앗을 때 점령한 적성산성을 진흥왕이 순행한 후에 세운 비석인데, 이사부와 김무력, 그리고 도설지 등의 이름이 비석에 새겨져 있다.

그런데 도설지는 원래 대가야의 태자였다. 대가야는 친백제 성향이 강했으나 도설지는 신라에 망명하며 벼슬에 오른다. 그러다가 신라가 대가야를 압박하여 도설지를 대가야의 왕위에 앉힌 것으로 보인다. 기록에 따르면 대가야에서 반란이 일어나 이사부가 진압하였는데, 이때 대가야의 마지막 왕이 도설지였다.

신라는 관산성 전투를 치르고 몇 년 후에 주변의 소국들을 장악하였고 안라국까지 정복하였다. 이제 남은 가야연맹국은 대가야뿐이었다.

19. 화랑제도

신라는 씨족사회가 오래 유지되어 협동심이 강했고 명예를 중시하는 기풍이 있었다. 일찍부터 심신을 수련하는 청소년들의 자발적인 모임이 만들어졌고, 차츰 문무를 겸비하여 인재를 양성하는 교육제도로 발전시킨 것이 화랑이다.

화랑에 대한 『삼국사기』의 기록은 진흥왕 대에 처음 나오지만, 이미 그 전부터 비공식적인 제도로 유지되어 오다 진흥왕 때 화랑도가 재정비된 것이다. 화랑의 전신으로 '신선의 무리'라는 뜻의 '선도'가 있었으며, 그 후에는 두 여인을 우두머리로 내세운 '원화' 제도가 있었다.

선도(仙徒)

원시공동체 사회 이후 신라에는 촌락 또는 씨족 단위로 형성된 청소년 단체가 있었다. 이들은 귀족 소년들의 자발적 모임으로 사회의 전통적 가치와 질서를 익히고 개인의 수양과 심신단련에 힘썼다. 또한 선도의 우두머리는 신궁에서 하늘에 제사를 지냈다는 이야기도 있다. 선도의 시작이 언제부터였는지는 명확하지는 않지만, 『삼국사기』에는 소지왕 시대인 5세기 후반에 선도와 신궁이 있었다고 하고, 『화랑세기』에는 5세기 초반인 눌지왕 시절에 이미 있었다고 기록되어 있다.

원화(源花)

선도의 무리가 늘어나면서 청소년집단은 기본적인 교육단체의 역할을 하게 되었다. 심신을 단련하고 문무를 겸비하게 하여 신라에 필요한 인재를 양성하였다. 이에 나라에서는 청소년 단체를 확대·재편성하게 되었는데 이것이 원화다.

『삼국사기』와 『삼국유사』에는 아름다운 두 여인을 뽑아

'원화'로 삼았다는 기록이 있다.

기록에 의하면 남모와 준정(혹은 교정)이라는 아름다운 여자를 뽑아 원화로 삼았는데, 서로의 아름다움을 질투하여 준정이 남모를 죽였다고 한다. 준정이 그 죄로 참형되고 무리가 흩어지자 원화는 폐지되었다.

그러나 낭도들을 이끌기 위해 엄선된 두 여인이 질투 때문에 서로를 죽이려 했다는 것은 그대로 믿기 어렵다. 남성 중심의 화랑을 강조하기 위해 원화의 두 여인 이야기를 재미있게 변형시켰을 가능성도 있다.

화랑(花郞)

원화가 폐지된 후에 화랑이라는 제도가 생겼음을 보여주는 기록이 『삼국사기』에 나온다.

그 후에 다시 미모의 남자를 선발하여 곱게 꾸미고 화랑(花郞)이라 이름하고 받들었는데, 무리가 구름같이 모여들었다.

서로 도의를 닦고, 서로 가악(歌樂)을 즐겁게 하며, 명산과 대천을 찾아 멀리 가보지 아니한 곳이 없으며, 이로 인하여 그들

중에 나쁘고 나쁘지 아니한 것을 알게 되어, 그중의 착한 자를 가리어 조정에 추천하게 되었다.

『삼국사기』 진흥왕 37년(576년)

『삼국유사』에는 화랑의 우두머리를 국선이라 하였다고 나온다.

진흥왕은 나라를 흥하게 하려면 반드시 풍월도(風月道)를 먼저 해야 한다고 생각하여, 다시 명령을 내려 좋은 가문 출신의 남자로서 덕행이 있는 자를 뽑아 명칭을 화랑(花郞)이라 하였다. 처음 설원랑(薛原郞)을 받들어 국선(國仙)으로 삼았는데, 이것이 화랑 국선의 시초다.

『삼국유사』 탑상 편, 미륵신화

국가적 차원에서 화랑을 설립하였으며, 그 우두머리를 국선이라 하고 그 밑에 화랑을 두었다고 기록하고 있다. 『삼국유사』에서는 화랑의 지도자를 국선이라 하는데 『화랑세기』에서는 풍월주라 하였다. 『화랑세기』에서 설원랑은 7대 풍월주로 나오며, 진흥왕 초기의 1대 풍월주는 이사부와 같은 시기에 활약한 위화랑으로 나온다.

『삼국사기』에서는 화랑이 576년에 만들어졌다고 하지만, 이때 화랑이 시작된 것이 아니라 제도를 정비한 것으로 볼 수 있다. 왜냐하면 그 이전인 562년, 이사부가 대가야를 정벌할 때 이미 사다함이라는 화랑이 활약했다는 기록이 있기 때문이다.

사다함은 진골로 내물왕의 7세손이요, 아버지는 급찬 구리지다. 본래 높은 가문의 귀한 자손으로 풍채가 깨끗하고 준수하여 뜻과 기백이 방정하였다. 당시 사람들이 그를 화랑으로 받들기를 청하므로 마지못해 화랑이 되었다. 그를 따르는 무리가 무려 1천 명이나 되었는데 사다함은 그들 모두의 환심을 얻었다.

진흥왕 23년(562년)은 이사부에게 명하여 가야국을 습격하게 하였는데, 이때 사다함은 십오륙 세의 나이로 종군하기를 청하였다. 그가 계속 요청하고 의지가 확고하므로 마침내 그를 귀당비장으로 임명하였다.

『삼국사기』 열전 사다함

그러므로 이미 5세기 때부터 활동해 온 자발적 청소년 수련단체인 선도가 법흥왕 말기, 진흥왕 초기에 잠시 원화가 되었다가, 곧 화랑으로 재탄생한 것이다. 이에 대해 『화랑세기』에서는 화랑이 진흥왕 초기에 시작된 것으로 기록하고 있다.

화랑은 선도(仙桃)이다.
옛날에 연(燕) 부인이 선도를 좋아하여 미인을 많이 모아 이름하기를 국화(國花)라 하였다. 그 풍속이 점차 동쪽으로 흘러들어 우리나라에서도 여자로 원화(源花)라 하였다.
지소 태후가 원화를 폐지하고 화랑을 설치하여 나라 사람으로 하여금 받들게 하였다.

『화랑세기』에 진흥왕 말기의 미실과 관련된 이야기로 원화제도가 나오는데, 후대의 원화는 화랑의 전신인 원화와는 다른 제도다.

화랑(花郎)의 교육

화랑은 귀족 자제들로 이루어졌으나, 그 휘하에 모인 낭도는 평민들이었다. 화랑과 평민 낭도들과의 공동생활로 결속력을 다지고 문무를 교육하여 장차 장수나 관료로 나아가게 하였다. 즉 화랑은 신라의 교육과 인재 등용이라는 두 가지 역할을 모두 해내는 제도였다. 682년 신라의 공교육기관인 국학이 설립되면서 관련 부분의 일부를 넘겨주었으나, 화랑은 신라 말기까지 전통적 제도의 기능을 계속 수행했다.

화랑의 수양 방법으로 기록된 내용을 아래와 같다. 이 내용은 화랑이라는 이름의 제도로 공식화되기 이전부터 심신을 수련하는 방법이었다.

상마도의(相磨道義): 서로 도의를 닦는다.

상열가악(相悅歌樂): 서로 노래와 음악을 즐긴다.

유오산수(遊娛山水): 산수 좋은 곳을 찾아 노닌다.

화랑이 지켜야 할 덕목으로 유명한 것은 그 이후에 만들어진 세속오계다. 이것은 원광법사가 정리한 것으로, 원광법사는 이사부의 외손자다. 또한 이 세속오계는 화랑만의 덕목이라기보다 당시 신라 청년들이 지켜야 할 덕목이었다고 한다.

사군이충(事君以忠): **충성으로써 임금을 섬긴다.**

사친이효(事親以孝): **효도로써 어버이를 섬긴다.**

교우이신(交友以信): **믿음으로써 벗을 사귄다.**

임전무퇴(臨戰無退): **싸움에 임해서는 물러남이 없다.**

살생유택(殺生有擇): **죽이고 살리는 데에는 가림이 있다.**

화랑의 조직

화랑은 십 대의 젊은이들인 낭도, 낭도들의 우두머리인 낭두, 낭두의 으뜸인 화랑으로 이루어졌다. 낭도는 신분의 제약이 없어 평민에서부터 하층 귀족까지 누구나 지원할 수 있었다. 낭도 중에서 실력이 뛰어난 자를 낭두로 뽑았으며, 그들의 우두머리인 화랑은 귀족 신분이어야만 될 수 있었다. 한 명의 화랑은 그 수하에 수십 혹은 수백 명의 낭도를 둘 수 있었다.

또한 화랑 전체를 이끄는 지도자를 국선(國仙)이라 하였다. 국선은 성골 또는 진골이어야만 될 수 있었다. 김유신과 태종무열왕도 국선 출신이었다 한다. 『삼국사기』와 『삼국유사』에는 화랑에 대해 간략한 설명만 있을 뿐 구체적인 내용은 없다. 『화랑세기』에서 화랑의 지도자를 풍월주라 하여 각각의 풍월주에 대해 기록하고 있다.

화랑 출신으로 가장 유명한 사람은 삼국통일의 주역인 김유신이다. 황산벌 전투에서 용감하게 최후를 맞은 덕에 신라군을 승리로 이끈 화랑 관창이 있다. 또한 김유신의 아들로 임전무퇴의 세속오계를 지키지 않고 살아 돌아왔다는 이유로 집안에서 내쳐진 비운의 원술도 있다.

화랑 중에서 『삼국사기』에 가장 먼저 등장한 이들이 바로 사다함과 무관랑이다. 이사부가 대가야를 정복할 때 화랑 사다함이 함께 출정하여 공을 세운다.

20. 대가야를 복속시키다

　초대 풍월주인 위화랑 이후 몇 차례 풍월주가 바뀌었
다. 이제 곧 화랑들의 성품을 살피고 재주를 따져 새로운
풍월주를 뽑아야 할 시기였다.

　"사다함이 어떻습니까?"

　거칠부가 추천하였다. 사다함이 수련에 충실하고 무에
에 능하며 그 성품도 온화하고 발라서 다른 화랑들이 그
를 따른다고 하였다. 그러나 이사부는 고개를 저었다.

　"사다함은 이제 16세가 아닌가?"

　나이가 어리니 풍월주로 부적절하다는 뜻은 아니었다.
화랑의 우두머리라 하면 전장에 앞장서고 무리를 위해 희
생할 각오도 해야 했다. 어린 화랑에게 과한 짐을 지워 자

라는 순을 해하고 싶지 않았다.

"사다함의 죽마고우로 무관랑이란 화랑이 있는데, 그 둘은 언제나 힘든 수련을 끝까지 참아내며 누구에게도 화내거나 거역함이 없으니, 화랑들 사이에서 칭송이 자자합니다. 벗과의 신의가 저러하니 나라에 대한 충성도 따를 자가 없을 것입니다."

이사부의 뜻은 달랐다.

"십 대의 나이에는 화가 오기도 하고 갈등이 있을 수도 있는 것이 자연스럽네. 수련과 함께 세상의 경험도 쌓아야 진정한 정신과 육체의 합일을 이룬다고 볼 수 있지. 어린 화랑에게 과한 신뢰를 주어 희생을 먼저 가르치고 싶지는 않네."

"장군의 뜻은 잘 알겠습니다. 그러나 그것이 신라의 명예요, 얼굴이 될 화랑의 숙명 아니겠습니까? 벗과 나라를 위해 기꺼이 희생할 수 있는 의지, 그것만큼 고귀한 것이 어디 있겠습니까?"

"그 고귀한 희생을 십 대의 어린 화랑에게 강요할 순 없네."

이사부는 재차 반대했지만, 거칠부는 공손하고도 끈질기게 주장했다.

"한 인물이 좌중을 지휘하기에 적절한 때가 있습니다. 지금 화랑들은 사다함을 크게 신뢰하고 모두 그를 흠모합니다. 사다함이 풍월주가 되는 것은 개인의 영예가 아닌 화랑 전체의 명예로움을 의미합니다."

전대 풍월주들의 의견도 거칠부와 비슷하여 이사부는 더는 자신의 뜻을 고집하지 않았다. 좌중의 추대로 사다함이 5대 풍월주가 되었다.

사다함은 재주뿐만 아니라 용모도 수려하여 월성의 여인들이 그를 흠모한다는 소문이 자자하였다. 사다함이 지나가면 누구든 고개를 돌려 그를 쳐다볼 수밖에 없을 정도였다.

562년 9월, 검은 독수리 떼가 날아올라 장엄하게 하늘을 덮은 오후였다.

"장군, 대가야에서 반란이 일어났다고 합니다!"

가야국과 그 주변의 소국들은 모두 신라에 복속되고,

대가야만이 그 이름을 유지하고 있었다. 또한 지금 대가야의 왕은 '도설지'인데 그는 신라가 앉힌 왕이었다.

도설지는 원래 대가야의 태자로, 그의 아버지는 대가야의 이뇌왕이고 어머니는 신라의 이찬 비조부의 딸이었다. 대가야가 친백제 정책을 펼 때 그는 이에 반대하였다. 도설지는 결국 어머니의 나라인 신라로 망명하였고, 진흥왕은 도설지에게 관직을 내렸다.

안라국이 복속된 뒤 대가야에서는 힘을 잃고 왕위 쟁탈전이 벌어졌다. 이때 진흥왕은 대가야를 압박하여 대가야의 태자였던 도설지를 왕위에 앉혔다. 대가야의 민심을 수습한 후에 자연스럽게 신라에 복속시킬 계획이었다.

"대가야의 반란이라니! 도설지가 반란을 일으켰단 말인가?"

"그것이 아니라, 가야국의 회복을 꾀하는 세력들이 도설지 왕과 왕자를 사로잡고 궁을 점령하였답니다."

이사부는 대가야가 자신이 마지막으로 해결해야 할 과제임을 직감했다.

"제가 직접 군사를 이끌고 나가 반란군을 진압하고 대가야의 항복을 받아 오겠나이다!"

왕은 백전노장인 이사부를 바라보았다.

"반란군이 힘을 키워 다른 성들을 장악하려고 대가야 내에서 전쟁을 벌일 것입니다. 또한 이런 혼란을 틈타 주변 소국들이 반란 세력에 동참할 수 있으므로, 반란을 속히 진압해서 소란의 뿌리를 뽑아야 합니다."

이사부의 나이는 이미 70을 지나 있었다. 그러나 가야 국들은 이사부의 명성만 들어도 싸울 의지가 꺾인다고 하니 총지휘관은 이사부가 맡아야 했다.

"이번 전투는 대군을 움직일 필요는 없을 듯합니다. 다만, 대가야 백성에게 신라군의 위상을 보여 기세를 누르고 반란군에게 신라의 힘을 보여주고자 합니다. 기마병을 선봉에 세워 속전속결로 진압하여 항복을 받아내고자 합니다."

이사부가 출전을 준비하고 있을 때 새 풍월주인 사다함이 찾아왔다.

"장군, 저도 화랑을 이끌고 출전하겠나이다."

이사부는 사다함의 맑은 얼굴을 가만히 보다가 말했다.

"풍월주의 용맹은 믿어 의심치 않으나, 풍월주라는 자리는 화랑과 낭도들의 생사를 염려하여 신중히 움직여야 하네. 다음 기회가 있을 터이니 이번 전투에는 빠지게."

"화랑들이 모두 저를 보고 있고, 저에게만 딸린 낭도들도 천 명입니다. 저들이 모두 의기충천하여 출전하고자 하니 허락해 주십시오."

앳된 사다함의 얼굴에는 순수한 충정이 가득 차 있었다.

"풍월주뿐만 아니라 낭도 중에도 아직 어린 낭도가 많다. 순수한 충심만으로는 자신을 지키지 못할 수도 있으니, 좀 더 기다려 꼭 필요한 때에 지혜롭게 나서는 장수가 돼라."

이사부는 냉정하게 말하고 돌아섰다. 어깨를 늘어뜨린 사다함이 예를 갖추고 물러났다.

그러나 사다함은 고집을 꺾지 않았다. 왕 앞에 엎드려 출전을 허락해달라 하였다.

"장군께서는 때를 기다리라 하셨지만, 나라를 위하는데

어찌 때가 따로 있겠습니까?"

"장군께서는 너의 나이가 어리니 염려하셨을 것이다. 나 역시 네 나이가 어리니 출전을 허락할 수 없다."

"소신 화랑의 우두머리 풍월주이니, 나이가 어리다 하나 충심이 어리진 않사옵니다."

결국 왕은 사다함의 고집을 꺾지 못하고 사다함의 출전을 허락하였다.

"이사부 장군을 모시는 비장으로 임명할 테니, 그를 잘 보좌하여 이기고 돌아오라."

이사부는 갑옷을 입고 말에 오른 화랑과 낭도들을 보면서 전투를 속전속결로 치러 이겨야겠다고 생각했다.

이사부는 화랑과 기마병 5천과 보병을 이끌고 대가야로 향했다. 국경에서 대가야의 군사들이 신라군을 막아섰다. 국경을 지키는 군사는 이삼 백이니 그대로 쓸고 지나가면 저들은 한 명도 살아남지 못할 것이었다. 뒤쪽에 서 있던 이사부가 말을 탄 채 앞으로 나섰다.

"지금 반란군이 대가야의 왕을 사로잡고 궁궐을 점령했다 하여 궁을 탈환하러 가니, 속히 길을 내어주게."

장수는 고개를 숙여 이사부에게 경의를 표했지만, 쉽게 뒤로 물러나진 않았다.

"신라에 지원을 요청했단 말을 듣지 못했나이다."

"왕이 반란군의 손에 죽임을 당할 형국인데, 대가야의 장수라면 반란군을 잡는 것이 도리 아닌가?"

장수는 곤혹스러운 표정을 짓다가 수천의 기마병이 다가오는 것을 보고 길을 열어주었다. 이사부는 부하 장수에게 명했다.

"길을 열어준 대가야 군사들에게 충분한 군량미를 내려 주게."

화랑 사다함이 선두에서 화랑을 이끌고 대가야 왕궁을 향해 내달렸다. 진군하는 길에 또 가야 군사들의 저항에 부딪히면 이사부가 위엄과 엄포로 해결했고 길을 내어주는 군사들에겐 군량미를 상으로 주었다.

"장군님, 저들에게 굳이 군량미를 내어줄 필요가 있습니까?"

사다함이 물었다.

"저들은 가야의 군사들이니 상황이 바뀌면 언제든지 우

리의 뒤를 칠 수도 있다. 그러니 은혜를 베풀어 그들의 마음을 사야 하고, 우리는 순응하는 가야의 백성은 해하지 않는다는 것을 보여줘야지."

궁궐의 남문 앞 들판에 삼사천 명의 군사들이 있었다. 반란군은 이미 대가야의 군대를 장악하고 신라를 상대로 싸울 태세를 갖춘 것이었다.

"장군! 저기 남쪽 성문 위를 보십시오!"

사다함이 이사부 곁으로 와 남문 쪽을 손으로 가리켰다. 성문 위에는 시신 하나가 내걸려 있었는데 아마 궁궐을 지키던 장군인 듯했다.

이사부가 칼을 뽑고 직접 앞으로 나와 화랑들과 나란히 섰다.

"이 사다함이 나가겠습니다!"

"경험 있는 장수들이 먼저 나설 것이네."

사다함은 천여 명의 낭도를 거느리는 풍월주로서 화랑의 모범이 되고자 했다.

"장군, 이번에 저의 낭도들도 말을 타고 출전하였나이다. 제가 선두에 서서 화랑의 참모습을 보이고 싶습니다!"

낭도들 앞에서 풍월주의 위상을 꺾을 수 없어 이사부는 허락하였다. 사다함은 5천의 기병을 이끌고 달려 나갔다. 창을 든 가야의 보병들이 함성을 지르며 신라군을 향해 달려들었다. 성 위에도 가야의 사수들이 활을 잡고 있었으나 그 수가 많지는 않았다. 신라의 기마병과 가야의 보병이 뒤섞여 싸우고 있으니 성 위에선 활을 함부로 쏠 수 없었다.

　가야의 보병들이 쓰러지고 신라의 기마병은 점점 성문을 향해 전진해 나갔다.

　"보병은 전진하라!"

　이사부가 명을 내리자 창과 방패를 든 신라군이 달려 나갔다. 들판에 가야군의 시신이 흩어졌고 신라의 기마병이 성벽 가까이 다가갔다. 그때 성문 위에 한 노장이 나섰다.

　"대가야의 일에 신라군이 끼어들지 말라!"

　그러자 기병을 이끌던 사다함이 앞으로 나섰다.

　"대장군 이사부께서 대가야의 반란군을 진압하러 왔으니 성문을 열라!"

그러자 가야의 노장이 흰 수염을 날리며 외쳤다.

"이사부가 너 같은 꼬맹이를 앞세운 걸 보니 그 명성이 허랑하도다!"

동시에 성문이 하나 열리더니 한 장수가 말을 타고 달려 나왔다. 손에 긴 창을 든 그는 사다함을 향해 질주했다. 사다함도 마주 달려 나갔다. 서로 맞부딪칠 정도로 가까이 다가갔을 때 서로의 몸을 향해 창을 깊이 찔렀다. 가야 장수가 말에서 떨어졌다.

"와!"

사다함은 신라군의 함성 속으로 말을 돌려 되돌아왔다.

"내 창을 받으라!"

또 다른 가야 장수가 달려 나왔다. 사다함이 다시 마주 달려가 창을 겨루었다. 서로 몇 번의 창이 부딪치다가 둘 다 말에서 굴러떨어졌다.

"사다함!"

화랑의 무리에서 누군가가 사다함을 부르며 말을 달렸다.

"저 화랑이 누구인가?"

이사부가 묻자 부하 장수가 말했다.

"사다함의 동무인 무관랑인 듯합니다."

사다함은 다행히 진영으로 돌아왔다. 무관랑은 마주 달려 나온 가야의 장수와 칼을 겨누었다. 칼날이 여러 번 맞부딪쳤으나 결판이 나지 않았다. 다시 말을 거세게 달려가 둘의 칼날이 상대의 몸을 길게 스쳤다. 순간, 햇빛 속에 붉은 피가 환하게 튀어 올랐다. 둘은 칼을 놓치고 말에서 떨어졌다.

아!

이사부는 마른침을 삼키며 주먹을 쥐었다. 가야 장수는 절룩거리며 일어났으나 무관랑은 움직이지 않았다. 가야 장수가 무관랑을 내려다보며 칼을 높이 쳐들었다. 그리고는 무관랑의 가슴에 칼을 꽂았다.

"와!"

가야군의 갈라진 함성을 들으며 이사부가 말을 달려 나갔다. 절룩거리며 말에 오르려 멈칫거리던 가야 장수가 이사부를 보는 순간, 이사부의 칼이 그의 목을 뺐다. 곧 또 다른 장수가 달려 나왔다. 이사부는 제 자리에 선 채 달려

오는 그를 노려보았다. 그가 다가왔을 때 옆으로 피하며 단칼에 그의 목을 베었다.

그러자 신라의 기마병이 함성을 지르며 달려왔다. 기마병은 용맹스럽게 달려와 적을 베었고 보병은 사다리를 놓고 성벽을 오르기 시작했다.

"성에 올라라! 성문을 열어라!"

가야군이 돌을 던지고 사다리를 밀어버리기를 반복했지만, 신라군은 끊임없이 사다리를 타고 성벽에 올랐다. 무관랑의 죽음이 신라군의 가슴에 전의의 불꽃을 터뜨린 것이었다.

그때였다. 이사부의 눈에 사다리를 놓고 끝까지 성문에 오르는 이가 보였다. 성 위에서 그를 향해 돌을 집어 던졌으나 그는 포기하지 않았다. 사다리를 오르는 그의 팔에 화살이 날아왔다.

"사다함!"

이사부는 자신도 모르게 부르짖었다. 사다함은 화살이 꽂힌 팔로 사다리를 잡고 다른 팔로 적을 쳐냈다. 결국 사다함은 성 위에 올랐다. 그리고 품에서 하얀 깃발을 꺼내 성루에 걸었다.

그리고 성루에 걸린 북을 쳤다.

"둥! 둥! 둥!"

모두가 성 위를 올려다보니 백기가 걸려 있었다. 성에서 이미 항복한 것인가 하여, 가야군은 더 이상 싸울 엄두를 못 내고 갈팡질팡했다.

이어서 성문 하나가 열렸다. 성 안에 들어간 신라군이 성문을 연 것이었다.

"남문이 열렸다. 돌격하라!"

신라군은 사기가 더 높아져 성문 안으로 달려들었다.

사다함은 어느새 말을 타고 성 안을 내달리고 있었다. 그는 도망치는 가야 장수를 끝까지 추격하여 칼로 베었다.

"풍월주는 화랑을 모으라!"

이사부가 다가가 명령했다. 사다함의 얼굴에 피가 튀고 그의 눈빛은 살기로 번득이고 있었다.

"아직 적을 소탕하지 못하였습니다!"

"적이 이미 전의를 잃었으니 불필요한 살생은 피해야

하네. 분노로 함부로 칼을 휘두르다간 그 칼끝이 또 다른 분노를 키울 뿐이네.”

이사부의 말이 무슨 뜻인지 깨달은 듯 사다함은 피 묻은 얼굴을 닦으며 눈시울을 붉혔다.

성 안의 반란군을 진압하는 것은 어렵지 않았다. 성내에는 싸울 군사도 거의 없었고, 가야인들도 이미 포기한 듯했다.

부하 장수들이 성을 샅샅이 뒤져 숨어 있는 반란군의 우두머리들을 잡아 왔다. 약관의 청년 둘과 백발의 노장 하나였다. 이사부는 노기를 띤 목소리로 나직이 말했다.

“대가야의 오백 년 역사를 너희 같은 무뢰한이 종식시키려 하다니!”

그러자 백발의 장수가 이사부를 사납게 올려다보았다.

“침략자 신라인이 감히 대가야의 역사를 입에 담는가? 나는 대가야를 신라에 넘기려는 나약한 왕을 처단하여 대가야를 강건히 세우고자 하였소.”

노장은 무수한 전투에서 공을 세웠던 장수라 하였다. 대가야의 영광을 바라는 충심으로 그의 표정에는 한 치의 망설임도 없었다.

"일찍이 신라의 앞잡이가 된 왕이 무슨 왕의 자격이 있소? 내가 왕이 되어 대가야를 잇고자 하였고, 충신들이 이에 동참하였소!"

"대가야를 살린다는 명분으로 왕위를 찬탈하였으니, 이것은 반란일 뿐이다."

"신라는 가야국을 멸망시킨 침략자일 뿐인데 무슨 명분이 있는가? 장수는 나라를 위해 싸우다 죽을 뿐, 그 무슨 다른 뜻이 있겠소?"

나라의 부름을 받아 그 명대로 행하였을 뿐, 장수에게 그 외의 다른 뜻은 없었다. 자신의 일생이 그러하였다.

"반역자들에 대한 처분은 대가야의 왕에게 맡겨라."

이사부는 냉정하게 말하고 돌아섰다.

"장군, 마지막 청이 있소!"

백발의 장수가 이사부를 보았다. 그의 표정엔 노기도 원망도 없었다.

"내 목을 이사부 장군이 직접 거두어 주시오."

이사부는 단칼에 그의 목을 거뒀다.

이사부는 대가야의 왕 도설지와 왕족들에게 진흥왕의 뜻을 전했다.

"폐하께서, 대가야의 왕족은 신라의 진골로 대우할 것이고, 귀족들 역시 땅을 그대로 가지고 살게 할 것을 약속하셨소. 왕족들은 서라벌로 가 폐하 앞에 충성을 맹세하고 새로운 신라의 주인으로 살기 바라오."

이로써 금관가야부터 시작해 대가야에 이르기까지, 그리고 주변의 많은 소국가까지 모두 신라 땅이 되었다.

월성에 돌아오자 진흥왕이 두 팔을 벌려 이사부를 안았다.

"아버님, 아버님께선 모든 가야국을 신라에 복속시킨 위대한 장군으로 역사에 길이 기록될 것입니다."

"폐하, 신라의 영토가 이토록 넓은 적이 없었고, 왕권 역시 이처럼 강한 적이 없었으니, 이는 모두 폐하의 공덕입니다."

이사부는 왕에게 사다함의 공로를 소상하게 전한 후, 사당으로 향했다. 사당에선 전장에서 죽은 화랑과 낭도의 위패를 모시고 넋을 위로하였다.

사다함은 무관랑의 위패 앞에 향을 피우고 엎드려 울고 있었다. 이사부는 그의 옆에 조용히 다가가 말했다.

"사다함, 다친 팔은 치료하였는가? 상처가 덧나면 안 되니 조심하게. 너무 울어 몸이 상할까 두렵구나."

사다함이 고개를 들어 이사부를 보았다.

"장군님, 저와 무관랑은 죽마고우로 죽음도 같이 하자 맹세하였습니다! 그런데 무관랑이 혼자 죽었으니 저는 이 비겁함을 어찌합니까?"

젊은이들의 우정에 이사부는 가만히 고개를 숙였다.

"자네는 풍월주로서 용맹하고 지혜롭게 화랑을 이끌었네. 명예롭게 사는 것은 한편으로 많은 것을 잃는 것이니, 다만 이 일을 수행이라 여기게. 슬픔으로 단단해지는 날이면 좀 편안해질 것이네."

사다함은 꼬박 이레 동안 물 한 모금 마시지 않고 무관랑의 위패 앞에 향을 피우며 울었다. 화랑들이 그를 위로하고 식사를 가져왔으나 그는 쳐다보지도 않았다. 팔의 상처가 점점 깊어져 그는 움직이기도 어려워 보였다. 사당에서 울기만 한 지 이레째, 결국 사다함은 무관랑을 따라 저 세상으로 가고 말았다.

"무관랑은 전장에 나가 목숨을 버리고 사다함은 신의
로 목숨을 걸었으니, 두 화랑이 신라 화랑의 본보기가 될
것이오!"

대신들은 두 젊은이가 화랑의 참모습을 보여주었다고
감복했다.

이사부는 채 피지도 못한 젊음이 명예를 위해 스러지
는 것이 안타깝고 미안했다. 사다함의 나이에 관직에 올
라 무인으로 살아온 자신의 생을 돌아보았다. 가야에 대
한 신라의 염원을 이루었으니 이제 그도 생의 업보에서
벗어나고 싶었다.

대가야는 지금의 고령 지방에서 520년의 역사를 이루
었던 나라다. 가락국(금관가야)보다 시작은 늦었지만 빠
르게 성장하여 특유의 문화를 형성하였다. 초기 가야연
맹을 주도하던 금관가야가 쇠퇴한 이후 대가야가 후기 가
야연맹을 주도하였다. 백제와 신라 사이에서 친백제 성
향이 강하였으나 백제 성왕이 죽은 이후에는 세력이 약해

져 신라의 이사부에게 점령당하고 말았다.

우륵이 대가야 출신으로, 가실왕과 함께 가야금을 만들고 12곡을 지었다. 이 12곡은 가야 소국 열두 나라에 대한 노래였으리라 추정한다. 가실왕이 죽은 후 정치가 혼란에 빠지자 우륵은 신라로 망명하였다. 551년 진흥왕 앞에서 연주한 이후로 왕의 지원을 받아 신라의 음악 발전에 이바지하였다.

대가야에서 반란을 일으킨 인물이 바로 도설지가 아닌가 하는 추론도 있다. 그러나 반역자라면 목숨을 유지하기 어려웠을 텐데, 그 후 도설지는 지방의 관직에 있다가 생을 마감한 것으로 보인다. 도설지는 거덕사라는 절에 들어가 스님이 되었다고도 하고, 합천의 월광사라는 절을 지어 거기서 여생을 마쳤다는 이야기도 전한다.

21. 일본의 기록

『일본서기』는 대가야전을 자세하게 기록하고 있다.

『일본서기』는 일본의 고대사를 정리한 책으로 720년에 완성되었다. 『일본서기』는 일본국이라는 새로운 나라 이름을 지었고 지배자의 이름을 천황이라 칭했으며, 일본을 중국과 대등한 나라로 간주했다. 또한 고구려와 백제, 신라와 가야를 일본에 조공을 바치던 속국으로 적고 철저히 왜의 관점에서 서술하여 그 내용을 신뢰할 수 없는 면이 많다. 그럼에도 불구하고 우리나라의 고대에 대해『삼국사기』와『삼국유사』에는 없는 내용을 세세하게 기록한 면이 있어 고대사 연구하는 자료적 측면에서 가치가 있는 책이다.

『일본서기』는 한반도의 왕들이 모두 천황에게 머리를 조아렸다는 식으로 왜곡하고 있어 믿을 것이 못 되지만, 유독 대가야전에 대해서는 세세하게 기록하고 있어서 내용을 간추려 참고한다.

『일본서기』에는 백제의 위덕왕이 백제군과 왜군을 이끌고 신라의 대가야전에 참전하였다고 되어 있다. 위덕왕은 아버지인 성왕의 죽음에 큰 충격을 받았으나 가야국의 마지막 고지인 대가야마저 신라에 빼앗길 수 없어 대가야를 공격한 신라에 맞서 싸웠을 수도 있다. 일본은 이 기록에서 대가야를 임나(任那)로 기록하고 있다.

562년 정월, 신라가 임나(任那)를 공격하여 멸망시켰다.

왜는 대장군(大將軍) 키노 오미 오마로노 스쿠네(紀臣 男麻呂宿禰), 부장군(副將軍) 카와베노 오미 니에(河邊臣 瓊缶)가 병력을 이끌고 가야를 도왔다.

왜군 수뇌부는 가야인을 아내로 맞은 장수 코모츠메베노 오비토 토미(薦集部首 登弭)에게 명령해 백제군 진영에 군사계책을 가지고 가게 했는데, 이 자가 처가에 들리는 바람에 군사기밀을 봉인한 서신과 화살을 길바닥에 실수로 떨어뜨리는 사고를 쳤고, 그걸 신라군이 손에 넣어 전략이 들통나 신라가 군사를 크게 일으켰다.

대가야에서 전투가 벌어지자, 왜군은 신라군을 상대로 몇 차례 전투에서 승리했다. 특히 부장군 니에는 무용이 뛰어나 신라군을 많이 죽였다고 한다. 그러자 신라군은 왜군에게 거짓 항복 계략을 사용하기로 했다.

(『삼국유사』에 나오는 사다함의 백기가 여기에서도 나온다.)

신라군이 가야군을 혼란스럽게 만들 때 사용했던 백기를 여기서 다시 들고 무기를 버리며 왜군에게 항복하는 척하였다. 부장군 니에는 병법에 밝지 못해 그것이 진짜 항복하려고 하는 것인 줄 알고 속아 넘어가 방심하여, 자신도 응답의 의미로 백기를 들고 신라군에 접근하였다. 이에 신라군이 크게 역습해 백제군과 왜군 천여 명을 죽였다. 이 패배로 지휘관급 인물 중에는 야마토노(倭國造)만이 빠른 말을 타고 있어서 간신히 달아났고, 나머지 왜군 장수들은 모두 잡히거나 전사했다.

부장군 니에와 그 부하들의 가족을 잡은 신라의 장수가 니에에게,

"네 목숨이 소중하냐? 아내가 소중하냐?"

라고 묻자 니에는 당연히 자기 목숨이 소중하다며 아내와 여자들을 바쳤다. 나중에 니에가 자기 부인을 만나자 부인은,

"날 팔아치우고 살아난 주제에 무슨 낯짝으로 말을 거냐"라며 일갈했다고 한다.

또 이 신라 장군은 포로가 된 장군인 츠키노에게 칼을 대고 하카마를 벗긴 후 엉덩이를 왜국 방향으로 돌리게 한 다음 "왜국의 장군은 이 엉덩이를 깨물어라!"라고 외치도록 강요했다. 하지만 이키나는 끝까지 "신라의 왕은 이 엉덩이를 먹어라!"라고 반대로 외치며 저항했고, 결국 화가 난 신라군에 의해 죽었다고 한다. 그의 어린 아들도 같이 죽었는데 아버지의 유해를 안은 채였다.

『일본서기』

진 싸움도 이겼다고 왜곡하는 『일본서기』가 대가야전에서 왜의 패전을 이토록 굴욕적으로 자세하게 기록한 점이 독특하다. 그동안 유지해 왔던 백제와 가야와 왜의 동맹 관계가 무너지고 한반도에서 퇴출된 것에 대한 충격이

컸기 때문이 아닌가 짐작한다.

특히 『일본서기』에서는 신라를 야만적인 나라로 적고 있는데, 신라인이 왜인을 얼마나 잔인하게 죽였는지에 대해 노골적으로 기술하였다. 그들은 대가야전에서 신라군에게 대패하여 임나가 쫓겨난 후에도 몇 번이나 임나를 재건하였다고 쓰고 있다. 네 차례에 걸쳐 임나를 재건하고 고구려, 백제, 신라 왕이 조공을 바쳤으나 결국 신라에 패배하여 쫓겨나고 말았다고 기록할 정도로 저들은 임나에 집착했다.

그런데 여기서 일본은 대가야를 임나(任那)로 기록하였는데, 저들이 주장하는 임나일본부가 끝나는 시기가 바로 대가야가 멸망한 562년이다. 일본이 주장하는 임나일본부설을 살펴볼 필요가 있다.

임나일본부설(任那日本府)

일본의 야마토 정권이 4세기 후반에 한반도 남부 지역에 진출하여 백제, 신라, 가야를 지배하고, 특히 가야에는 일본부(日本府)라는 기관을 두어 6세기 중엽까지 직접 지배하였다는 설이다.

일본은 이 논리를 일본이 고대부터 외국에 식민지를 건설할 정도로 발전하였다고 과장하고 일본제국주의의 한반도 식민 지배를 정당화하는 데 이용하였다. 즉, 임나일본부설은 일본의 한국에 대한 지배가 과거부터 행해져 온 것처럼 말하여, 일본제국주의의 35년간 식민 통치를 합리화하는 주장의 근거가 되어 왔다.

임나일본부의 근거로 제시하는 일본 내의 자료가 몇 가지 있는데 그중 핵심적인 것이 바로『일본서기』다.『일본서기』에 따르면 진구황후가 보낸 왜군이 369년 한반도에 건너와 여러 나라를 점령하였고, 그 뒤 임나(任那)에 일본부가 설치되었으며, 562년 신라에 의해 멸망하였다고 한다.

『일본서기』에는 562년, 대가야인 임나(任那)를 구하기 위해 백제와 왜가 쳐들어갔으나, 신라군에 대패하여 왜장들은 수모를 겪고 일본으로 쫓겨왔다고 기록되어 있다.

저들이 일본서기에서 임나로 말한 곳이 어디인지는 명확하지 않아, 어떤 기록에서는 금관가야, 어떤 기록에서는 부산으로 보인다. 그리고 562년에는 신라가 임나를 빼앗았다고 하니 대가야를 말하는 것이다. 그러므로 많은 가야국에 임나를 설치하였다는 주장도 된다.

현재는 일본 학계에서도 예전처럼 한반도 남부에 대한 식민지화를 주장하는 사람은 거의 없다고 한다. 다만 임나일본부의 존재를 야마토 정권과는 상관없는 지방 호족이 설치하였다는 주장부터, 왜의 출장소 같은 역할을 한 곳이라는 논리로 내세우기도 했다. 이 논리마저 의심받자, 가야와 왜가 일찍부터 교류하여 가야 지역에 왜인들이 거주하는 곳을 두고 이 왜인들을 관리하는 기관을 두었다든가, 식민기관이 아니라 가야에 파견한 왜인 사신들이 있던 곳이라는 등의 다양한 견해를 제시하고 있다. 즉, 이전과 같은 한반도 남부 식민지설을 주장하지는 않지만, 그 존재 자체를 부정하지는 않는 것이다.

그러나 한국 학계에서는 대체로 임나일본부의 존재를 부정하고 있다. 임나일본부란 명칭은 우리나라의 고대사 기록에는 전혀 나오지 않기 때문에 그 존재 여부조차 의심되었고, 이에 대한 반론이 제기되었다.

북한 학계의 한 학자는 분국설(分國說)을 제기하였다. 이 설에 따르면 삼한시대와 삼국시대에 많은 사람이 한반도에서 왜로 건너가 그곳에서 곳곳에 분국들을 설치하였는데, 임나일본부는 이때 일본에 설치된 가야의 분국이라는 것이다.

　한편으로는 『일본서기』에서 가야를 지배했다는 왜가 사실은 백제이며, 한반도 남부에서 활동한 왜군을 백제의 용병으로 보는 백제군 사령부설도 있다. 최근에는 임나일본부는 당시에 임나(任那)와 안라(安羅)에 파견된 왜의 사신들이었다는 주장도 있다.

　작가로서 고대사를 배경으로 한 작품을 쓰다 보면 『삼국사기』와 『삼국유사』 외에는 자료가 거의 없어 안타까울 때가 많다. 내용이 빈약하기도 하고, 그 내용조차 역사의 승자 입장에서 서술한 것이라 다 믿을 수는 없는 부분도 있다. 이에 비해 필사본 『화랑세기』나 『일본서기』에는 오히려 이야기의 양은 방대하여 그 내용을 신뢰하지 않더라도 찾아 읽게 된다.

이사부에 대한 자료를 찾으면서 『화랑세기』를 보았는데, 인물에 대해 자세히 서술하여 시대적 상황이 들어맞으면 참고할 만한 내용들이 있었다. 다만 세속의 이야기가 호기심을 자극하게 서술되어 재미는 있지만, 시대나 상황을 고려하여 보면 맞지 않는 이야기도 많다.

『일본서기』는 그 내용이 많고 세세하여, 『삼국사기』나 『삼국유사』에 없는 내용을 파악할 수도 있다. 『삼국사기』와 『삼국유사』에 기록된 내용이 서로 다를 때 『일본서기』의 내용을 보고 참고하기도 하였다. 다만 그 기록이 철저히 왜의 관점에서 서술하여 거짓이 많아 위작이라는 평가를 받고 있음을 간과해서는 안 된다.

그럼에도 불구하고 앞으로도 우리의 고대사를 찾아볼 때면 『일본서기』도 참고할 수밖에 없을 것이다. 우리의 기록이 워낙 없으니 『일본서기』가 사건을 기록하는 정도로 기여하고 있음을 무시할 수 없기 때문이다. 우리가 식민사관에서 벗어나 한국 고대사를 올바르게 복원하기 위해서는 한국과 일본의 사학자들이 임나일본부설을 명확하게 분석·판단해야 한다. 이것은 한일 양국의 고대사 문제일 뿐만 아니라 동아시아의 역사와 한일관계 정립에도 중요한 사안이라고 생각한다.

22. 이사부의 업적과 평가

562년 대가야를 복속시킨 것을 끝으로, 이사부에 대한 기록은 더는 보이지 않는다. 그때 그의 나이는 고희를 넘기고 팔순을 바라보고 있었으니, 이사부는 팔순쯤에 운명한 것으로 보인다.

이사부는 505년에 실직의 군주가 된 후 562년 대가야를 정벌할 때까지 활동하였으니, 58년간 정치가이자 장군으로 활약하면서 신라의 중흥을 이루었다. 우리나라의 역사에 이처럼 오랫동안 나라를 위해 자신의 역할을 다한 인물은 찾아보기 어렵다.

고대의 역사는 국가가 형성되고 발전하는 과정에서 일어나는 전쟁의 역사라고도 할 수 있다. 작은 나라를 복속시켜 힘을 키우고 영토를 넓혀 다른 나라가 넘볼 수 없는 강한 나라로 만들었으니, 그의 일생이 곧 신라의 역사다.

이사부의 업적은 수없이 열거할 수 있으나 그의 일생을 두 시기로 나누어 업적을 요약할 수 있다. 그가 동해안에서 신라의 방패로 산 전반부와, 서라벌에서 가야국들을 정벌하며 신라의 창으로 산 후반부다.

첫째는 우산국을 정벌한 것이다.

이사부는 역사상 처음으로 바다로 나아가 해전을 치렀다. 우산국을 정벌한 것은 그들로 하여금 조공을 바치게 하기 위해서만은 아니었다. 우산국을 거점으로 하여 신라에 쳐들어오는 왜군을 물리치기 위함이었다. 우산국을 복속시킨 후에 231년 동안 단 한 차례도 왜군이 침략하지 못한 것이 이를 증명한다. 그러므로 우리나라 해전 역사의 시작은 이사부였다.

우산국 정벌은 독도의 복속으로 독도가 신라시대부터 우리의 영토라는 분명한 근거를 확보했다는 점에서 그 의의가 크다.

지증왕 대에 독도는 우산국에 속한 섬으로 우산도(于山島)라 불렸다고 한다. 1432년 편찬된 『세종실록지리지』에서는 "우산(牛山)과 무릉(武陵 혹은 우릉) 두 섬이 울진현의 정동쪽 바다 가운데 있다."라고 기록하고 있다. 여기서 무릉이 울릉도, 우산이 독도를 말하는 것이다. 1471년에는 삼봉도(三峯島), 1794년에는 가지도(可支島)로 불렸다는 기록이 있다. 1900년 대한제국 칙령 제41호에서 울릉도를 울릉군이라 칭하고 울릉전도와 죽도(竹島), 석도(石島)를 관할하도록 정했다. 석도는 돌섬, 곧 독도다. 일본은 1905년 일방적으로 독도를 다케시마(竹島)로 바꾸고 시마네현에 편입한 뒤 근거 없는 독도 영유권을 주장하고 있다. 그러나 이사부가 만든 천오백 년 전의 역사적 사실을 기반으로 독도가 대한민국의 영토임을 전 세계에 명확히 하여야 한다.

이사부는 20대의 나이에 실직으로 가서 우산국을 정벌한 이후 40대까지 동해를 지켰다. 이 시기에는 그가 신라의 방패로 살았다고 볼 수 있다.

그는 법흥왕과 같은 항렬의 왕족이었지만 서라벌에서 중앙권력을 잡는 데 집중하지 않고 변방에서 나라를 돌보는 일에 청춘을 다 보냈다. 그는 누구보다 진취적 기상을 지닌 청년으로, 권력자로 군림하는 것보다 백성과 함께 새로운 도전을 시도했다. 백성의 신임을 얻어 수군을 양성하고 전선을 만들었다. 목우사자를 이용하여 우산국에 승리하였기에 그는 누구보다 지혜로운 장수로 평가받고 있다. 이 지혜라 하는 것은 백성의 희생을 최소화하여 이기기 위한 전략이니 이는 지도자가 갖추어야 할 덕목이다. 그는 실직에서 이미 현명한 장수이자 민심을 얻은 진정한 지도자였다.

둘째는 가야국을 복속시켜 신라의 영토를 넓힌 것이다.

532년 그가 금관가야를 복속시킬 무렵만 해도 12개의 가야 소국이 있었으나, 562년 대가야를 복속시킴으로써 모든 가야국이 신라의 영토가 되었다. 527년 왕의 명으로 오미노 케누의 왜선을 물리친 것부터 시작하여 그는 가야국을 복속시키는 활약을 한다.

그는 지증왕·법흥왕·진흥왕 대에 활약하였는데, 지증왕 때 실직으로 갔고, 법흥왕 후반부에 서라벌로 와 가야를 정벌하기 시작한다. 진흥왕 시절, 그는 지소태후의 남편이었고 진흥왕의 아버지이자 병부령이었다. 진흥왕은 일곱 살에 왕위에 올라 지소가 십여 년 동안 섭정하였으니, 신라의 실권은 이사부에게 있는 것이나 마찬가지였다. 그러나 그는 권력을 쥐기보다 고희를 넘긴 나이까지 야전 장수로 살았다.

진흥왕 대에 신라의 영토는 그 이전에 비해 서너 배로 확장하였으니, 이사부는 인생의 후반부를 신라의 창과 칼이 되어 살았다. 이사부가 도살성과 금현성을 차지한 때부터 시작하여 나제동맹으로 고구려를 쳐 한강의 상류와 하류를 점령한 후, 신라는 함경도까지 이르는 넓은 영토를 차지하였다. 이때 활약한 화랑 역시 이사부 시절에 공식화하였으며, 대가야전쟁 때 이사부가 화랑을 이끌고 간 것이 역사상 화랑의 첫 활약으로 기록되어 있다.

가야국을 점령할 때도 전쟁보다는 자연스럽게 복속시

키는 방법을 찾았으니, 그는 실리를 추구한 장수다. 도살성과 금현성 역시 백제와 고구려가 서로 싸우는 틈을 이용하여 성을 얻는 전술을 구사하였다. 전쟁사에서 이름을 날린 장수는 많은 적을 죽이거나 비극적인 전투를 치른 경우가 많았다. 그러나 이사부는 가능하면 피를 흘리지 않고 승리를 얻었으며 크게 패전한 기록이 없다. 그는 전투에서 명예나 명분을 내세우기보다 실리적인 전략을 세워 승리를 거두었다. 적의 세력이 쇠퇴해지는 것을 유도하여 자연스럽게 승기를 잡은 것은 전쟁의 공로보다는 현실적인 이득을 취한 것이며, 이것이 곧 백성을 살리는 길이다. 그는 평생 적을 죽이는 장수가 아닌 사람을 살리는 장수로 살았다.

이제, 기록에 없는 그의 마지막 길을 짐작해 본다. 인간 이사부가 자신의 생을 돌아보고 후대에 하고 싶은 말을 들어보려 한다.

23. 나를 기억하지 않아도 좋다

내 나이 팔순이 넘었으니 언제 생의 경계를 초월하더라도 이상하지 않다. 장수의 칼을 내려놓고 나니 마음에 거리낄 것이 없고 집착할 것도 없다. 다만 한 가지, 아침에 일어나 명상을 하고 심신을 단련하는 것만이 나를 지키고 있는 삶의 습관이라 하겠다.

비단옷을 무명옷으로 갈아입은 후 말 한 필을 끌고 월궁을 나섰다. 기와집이 늘어선 길을 빠져나오면 백성들의 움집이 보인다.

'대궐 같은 집에 사는 이와 움집에 사는 이의 생이 부처님의 은혜 앞에 평등하기를…'

잠시 합장하고 고개를 드니 멀리 황룡사가 보인다. 신

라의 힘을 보여줄 큰 절을 짓고 있다.

신라는 이제 불토국이 되었다. 부처님은 신라 백성을 위로하고 왕에겐 힘을 주었다. 불심은 또한 화랑의 철학이 되어 불토국을 수호하는 용맹함을 불어넣어 주었다. 살생을 금하는 부처님을 모시면서 무수한 전장에서 살생할 수밖에 없는 장수의 길, 그것이 나의 생이었고 신라의 운명이었다.

햇빛이 따사로운 길 저편에 백성들이 보리를 심고 있다. 보리를 심는 일만큼 복된 일은 없다. 백성의 배를 따뜻하게 채우고 전장의 군사들에게 주먹밥이 되는 보리만큼 고마운 것이 또 있으랴. 보리를 심는 저들에겐 뭔가를 지키려는 명분도 허울도 전혀 없다. 그것은 월성에서 권력을 잡는 생보다 순수하고 자유로운 삶이다.

금빛 번쩍이는 마차를 탄 이가 지나간다. 마차를 끄는 말 두 마리의 등에도 금빛 문양이 화려하다. 고관대작이 지나간다는 호령이 있자, 보리를 심던 백성들이 모두 길에 나와 땅에 머리를 대고 절을 한다. 나는 마차에 탄 고관대작이 누구인지 관심이 없고 저 백성들도 무관하다. 저들에겐 오직 보리를 심는 일만이 중요할 뿐이다.

저 고관대작과 관리들은 알고 있는가? 땅에 머리를 대고 있는 저들이 귀족을 먹여 살리고 전장에 나가 목숨을 걸고 싸우는 이 땅의 백성들임을. 이 땅의 주인은 바로 저 백성이니 세상의 모든 가치는 저 주인을 살리는 일이어야 한다.

나는 말고삐를 놓고 그 백성들을 향해 절을 하였다. 내가 이끈 무수한 전투에서 칼이 되고 창이 되어 싸우고 죽어간 나의 백성들이여! 백성의 희생 없이 어찌 승전할 수 있었겠는가.

고개를 들고 하늘을 보니 청명한 하늘 가운데로 흰 구름이 흘러간다. 하늘은 시비가 없이 늘 저 자리에 있다. 사람은 하늘의 뜻을 구하려 늘 옳은 일을 찾아 시비에 휘말리니, 삶이 곧 투쟁이 된다. 뜻을 품고 세상에 나감에 있어 나의 뜻보다는 나라의 부름이 먼저이니, 나는 전장에서 신라의 부름과 함께 하였다. 그것은 고구려와 백제, 가야국이 서로 다투는 가운데 신라로 살아남기 위함이었으니, 내가 전쟁 자체에 뜻을 둔 적은 없다. 신라의 존립을 위하여 전쟁을 해야 했고, 백성을 위하여 이겨야 했다. 소멸한 가야국은 그 운명을 다하였으나 백성은 그 땅에서 그대로 살아가고 있다. 그것은 모두 역사의 뜻이니, 뜻을 두지 않은 내가 이룬 것은 아무것도 없다.

다시 푸른 하늘의 구름을 보니 바다를 노니는 흰 배와 같구나. 나의 심신이 신라의 뜻을 받아 맡은 임무가 끝났으니, 이제 구름처럼 흘러가는 일만 남았다. 신라가 꿈꾸는 더 큰 역사는 저 젊은 화랑들이 이어갈 것이다.

나는 나의 늙은 백마에 타지 않고 함께 걸었다. 나의 말은 나를 태우고 너무 오래 달렸다. 전장에서 달린 것은 내가 아니고 말이었으니, 진정 용맹한 것은 나의 말이다. 내 평생 몇 마리의 말과 함께 전장을 누볐는데, 모든 말이 영리하고 용맹하여 나의 목숨을 살려 주었다. 나의 마지막 말인 이 백마도 대가야전에서 나를 태우고 적을 무찔렀으니, 내 마지막 벗이 될 만하다.

장수가 전장에서 장렬하게 전사하는 것은 흔한 일이지만 나는 용맹한 말 덕분에 전장에서 무사할 수 있었다. 장수를 지켜 군사의 사기를 지켰으니, 이 말은 내 목숨만 살린 것이 아니라 군사들을 살렸다. 이제 전장의 무게를 내려놓은 백마와 함께 자유를 누리려 길을 나섰다. 나의 백마는 거친 들판을 달리느라 바다를 한 번도 보지 못하였으니, 이제 그 바다를 함께 보러 간다.

싱그러운 바다 내음이 무딘 내 가슴에 살며시 바람을 일으킨다.

이윽고 동해의 푸른 물살이 눈앞에 펼쳐졌다. 바다를 처음 보는 백마가 자유롭게 해안을 내달린다. 내 청춘의 푸른 바다가 물살을 가득 안고 나에게 와 안긴다.

나는 약관을 막 지난 나이에 실직의 군주가 되었다. 이 나라의 어느 곳이 귀하지 않은 곳이 있겠냐만 실직은 실로 귀한 땅이었다. 바다는 나에게 신라가 나아갈 넓은 세상을 가르쳐 주었고, 왜군을 막는 법을 깨닫게 해주었다.

나에게 백성이 귀함을 가르쳐 준 이들은 오히려 왜군이니, 적에게서도 배울 것이 없지 않다. 왜군은 일찍이 배를 만들어 바다를 건너왔다. 그들이 신라의 백성을 죽이고 잡아가는 것이 이미 오래되었고 내가 목격하였으니, 저들을 그대로 둘 수 없었다.

또한 왜선을 보고 배를 만들고자 하였으니, 이 또한 적에게서 배운 것이다. 섬나라에 사는 왜인에게는 배가 곧 생존의 수단이었다. 왜선은 빠르고 날렵하여 노략질을 하고 도망가기에 유리하게 만들어진 해적선이었다. 신라 수군의 배는 그래서는 안 되었다. 수군의 목숨이 달린 배이니 해상전에서 수군의 안전을 보장하는 전선이어야 했다.

나는 왜군으로부터 백성을 구하기 위해 배를 만들고 수군을 키웠다. 그러나 그 일을 실제로 행한 이들은 군사요, 백성이다. 내가 지시하면, 그들은 수수보리밥 한 덩이에 거친 옷을 입고 명령에 따랐다. 그들은 찬바람을 맞으며 갈라지고 터진 손을 무명천으로 싸매고 노를 저었다. 내가 지켜주지 못하여 식구가 죽었어도 그들은 나를 원망하지 않고 내 앞에 머리를 조아리고 울었다. 그러니 어찌 백성을 공경하지 않을 수 있겠는가.

무릇 지도자란 백성을 위한 뜻을 세워야 한다. 나는 나라를 지키는 지도자로 뜻을 세웠을 뿐, 제 식구를 위해 스스로 창과 칼이 되어 왜군과 맞서 싸운 이들은 군사들이다. 지혜로써 목우사자를 만들었다고 하나, 그 지혜 역시 백성에게서 얻은 것이었다. 아무리 좋은 뜻도 행하지 않으면 무용지물이니, 민심이 행하지 않으면 그 뜻을 이룰 수 없다. 백성이 행하여 우산국을 정벌해 왜군을 막았으니 그 또한 백성이 스스로 이룬 것이다. 내 어찌 그들을 공경하지 않겠는가.

나는 바다를 떠나 월성으로 가면서 곧 바다로 돌아오리라 생각했다. 그러나 나는 가야국들을 복속시키는 일을 맡게 되었고 그 일을 완수하는 데 30여 년이 걸렸다.

가야국들은 제각기 그 땅의 본성을 지키며 살아온 순박한 나라다. 일찍이 몇몇 가야국은 신라보다 힘이 강성하였고 문물도 발달하였다. 그런데 고구려와 백제가 가야를 탐내면서 신라를 위협해 오니, 신라는 가야를 먼저 제압하여 백제와 고구려에 맞서야 했다.

나는 가야국들이 가진 백성의 본성을 지켜주면서 신라에 복속시키는 방법을 찾았다. 지혜로운 전투는 피를 흘리지 않는 전투다. 적의 목을 많이 베는 것이 잘 싸우는 방법이지만, 싸우지 않고 이기는 것이 현명하다. 적국의 백성은 돌아서면 내 나라의 백성이 된다. 그것은 저들이 신의가 없어서가 아니라 저들에게 권력이 없어서이다. 신의를 저버리는 것은 언제나 권력자이고 백성은 그저 순리에 따를 뿐이다.

일찍이 나의 모친은 백제의 공주였다. 내 외조부는 백제의 개로왕이었는데 그는 권력을 내세우기 위한 공사를 벌여 백성을 도탄에 빠뜨렸다. 그때 그는 고구려 첩자의 말에 속아 백성을 돌보지 않았으니, 이는 신의를 저버린 행위다. 개로왕은 결국 고구려군의 손에 죽었는데 이때 잃어버린 민심을 회복하지 못하여, 뒤를 이은 문주왕과 그 아들도 반역자의 칼에 죽고 말았다. 그 뒤의 동성왕도 사치와 대규모 토목공사 때문에 민심을 잃더니 죽임을 당했다. 이처럼 지도자가 화려함을 탐하고 권력을 누리는 일에만 몰두하여 백성의 마음을 잃으면, 그 권력과 목숨마저 잃고 만다.

문득 부친께서 하신 말씀이 떠오른다.

"고구려와 백제는 이미 만월을 지난 달이니 기우는 일만 남았고, 우리 신라는 차오르는 달이니 만월이 될 날만 남았구나."

신라는 이제 만월이 되려고 하고 있다. 나는 나에게 주어진 일을 다 내려놓으니, 후대가 신라를 위하여 더 큰 짐을 지게 되겠구나. 그러나 신라 역시 만월이 되면 기우는 때가 있으리라. 기우는 시절에 고통을 받는 이도 백성이고 그것을 극복하는 이도 백성이니, 후대의 지도자들은 이것을 명심하라. 민심을 얻지 못하면 기울 것이고 민심을 얻으면 다시 차오를 것이니, 어느 시절인들 백성을 귀히 여기지 않을까.

쉼 없이 밀려오는 파도는 오래전부터 거기에 있었으나 볼 때마다 새롭게 다가오는구나. 끊임없이 부서져 하나의 파도 소리가 되는 바다, 파도는 이 땅의 백성을 닮았다. 밀려갔다 밀려오는 저 힘찬 파도처럼, 이 땅의 역사를 이어가는 것은 백성이다.

파도에 온몸이 젖었는데 마음은 맑아졌다. 모래밭에 작

은 배 하나가 묶여 있다. 저 배를 빌려 타고 바다로 나가야겠다. 나는 햇볕에 앉아 젖은 몸을 말리며 썰물이 되기를 기다렸다.

얼마쯤 지나자 바람의 세기와 질감이 달라졌다. 물살이 아득한 수평선을 향해 달려가기 시작했다. 흰 구름이 머리 위로 다가오며 물었다.

저 배가 마음에 드는가?

"배는 백성을 지키는 방패였고 나라를 지키는 내 꿈이었소."

그 꿈을 다 이루었으니 이제 모든 걸 내려놓으려 하는가? 신라인이 모두 그대가 지혜롭고 용맹하여 많은 공을 세웠다고 길이 기억할 것이오.

"아무도 나를 기억하지 않아도 좋소. 나는 명성을 남기는 것에는 뜻이 없소. 다만, 백성이 이룬 역사가 평화롭게 이어지기를 바라오."

나는 배를 띄웠다. 작은 배에 앉아 노를 젓자 바람이 길을 내어 주었다. 물살은 갈 방향을 알아 저절로 배를 밀었다. 젓던 노를 거두어들이고 편히 앉았다.

물살 위의 배는 티 없이 아름다웠다. 성현이 이르기를, 진정 지혜로운 자는 빈 배와 같다고 하였다. 나는 이제 빈 배와 한 몸이 되어 모두의 기억 속으로 사라질 것이다.

한민족의 정체성을 만든
인물들을 통해, 삶의 지혜와
미래의 길을 연다.

근대

육성으로 직접 들려주는 독립군 장군 일대기

나는 홍범도 다

내가 오지 말았어야 할 곳을 왔네
나, 지금 당장 보내주게

야 이놈들아, 내가 언제 내 흉상 세워 달라 했나.
왜 너희 마음대로 세워놓고, 또 그걸 철거한다고
이 난리인가. 내가 오지 말았어야 할 곳을 왔네.
나, 지금 당장 보내주게. 원래 묻혔던 곳으로
돌려보내주게. 나, 어서 되돌아가고 싶네.
-홍범도가 독자에게-

이동순 지음 | 값 14,800원

근세

여성 최초 상인 재벌과 재산의 사회 환원

나는 김만덕 이다

가난을 돌이킬 수 없는
수치로 여겨라

어진 사람이 나랏일에 간여하다가도 절개를 위해
죽는 것이나, 선비가 바위 동굴에 은거하면서도
세상에 이름을 떨치게 되는 건, 결국 자기완성이
아니겠느냐. 여성의 몸으로 내가 상인으로
나선 이유도 이와 다르지 않다.
-김만덕이 독자에게-

박상하 지음 | 값 14,800원

고대

배달 민족의 얼인 고대 동아시아 지배자

나는 치우천황 이다

대동 세상을 열려는
너희 본디 마음이 나 치우다

"나는 천산산맥 넘어 해 뜨는 밝은 곳을 향해 내려와
신시 배달국을 열었다. 너도 하느님 나도 하느님,
너도 왕이고 나도 왕이니 서로서로 섬기는 대동 세상 터를
닦고 넓혀왔다. 하여 뭇 생명이 즐겁고 이롭게 어우러지는
세상을 열려는 너희 본디 마음이 곧 나일지니."
-치우천황이 독자에게-

이경철 지음 | 값 14,800원

근세

현모양처의 대명사인 한 여성의 삶과 꿈

나는 사임당 이다

많이 알려졌어도 실제
내 삶을 아는 사람은 드물구나

"나만큼 많이 알려진 인물도 없다. 그러나 나만큼 제대로
알려지지 않은 인물도 없다. 율곡의 어머니, 겨레의
어머니, 현모양처의 모범과 교육의 어머니로 많이
알려졌어도 실제 내 삶이 어떠했는지 아는 사람은
거의 없다. 나는 내 삶을 바르게 살고 싶었을 뿐이다."
-사임당이 독자에게-

이순원 지음 | 값 14,800원

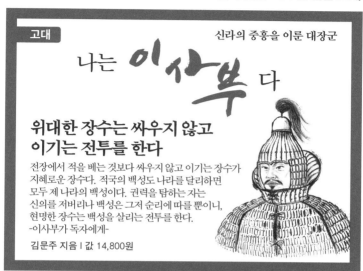

고대

신라의 중흥을 이룬 대장군

나는 **이사부** 다

위대한 장수는 싸우지 않고 이기는 전투를 한다

전장에서 적을 베는 것보다 싸우지 않고 이기는 장수가
지혜로운 장수다. 적국의 백성도 나라를 달리하면
모두 제 나라의 백성이다. 권력을 탐하는 자는
신의를 저버리나 백성은 그저 순리에 따를 뿐이니,
현명한 장수는 백성을 살리는 전투를 한다.
-이사부가 독자에게-

김문주 지음 | 값 14,800원

고대

민족의 고대사를 개창한 건국 여제

나는 **소서노** 다

내가 바로 고구려, 백제를 건국한 왕이다

"나는 졸본부여의 왕재로 태어나, 추모와 함께 고구려를
건국하였으며 다시 두 아들과 함께 남하하여 백제를 건국
하였다. 역사서에 나를 일컬어 왕이라 하지 않았으나,
엄연히 나라를 개창하여 백성들을 위한 정치를
펼쳤으니 더 이상 나의 존재를 부정할 수 없으리라."
-소서노가 독자에게-

윤선미 지음 | 값 14,800원